Nadia Lakhdari

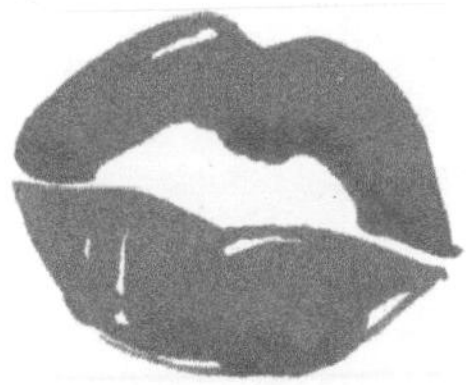

#Colocs

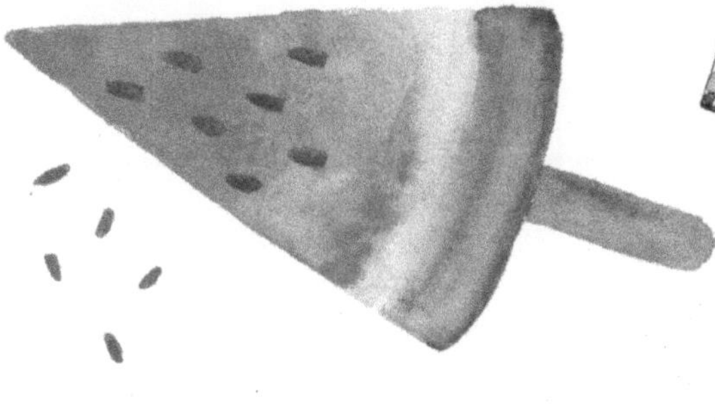

Tome 1

Kennes

À ma mère

Publié avec les autorisations des Éditions Les Malins inc.,
Montréal, Québec, Canada

Éditrice au contenu : Katherine Mossalim
Directrice artistique : Shirley de Susini
Conception de la couverture : Shirley de Susini
Mise en page : Diane Marquette
Correctrices : Corinne de Vailly, Fleur Neesham, Dörte Ufkes
Crédits photos : Shutterstock

Rue de la Blanche Borne 15
6280 Gerpinnes (Loverval) — Belgique
www.kenneseditions.com

Adaptation et lexique : Benjamin Schwanen

Dépôt légal : janvier 2020 — D/2020/13.105/11

ISBN : 978-2-3807-5012-6
NUART : 26-9644-8

Imprimé en Europe

Avant-propos

Bienvenue dans l'appartement des colocs !
Emma, Béatrice et Mia vivent à Montréal, au Québec. Elles parlent donc le québécois. Eh, oui ! Certaines expressions typiques, identifiées par un astérisque, sont expliquées en bas de page lors de leur première utilisation. Par la suite, vous pourrez les retrouver si nécessaire dans le lexique alphabétique à la fin du livre.
Ce qui compte surtout, c'est de savoir que le cégep regroupe les deux années d'école de dix-sept à dix-neuf ans, juste avant l'entrée à l'université.
Pour le reste, les histoires d'amour et d'amitié sont les mêmes des deux côtés de l'Atlantique. Le cœur des filles de dix-sept ans aussi. ☺
Merci de me lire.
Bisous,

Nadia

#1

Béatrice saisit son vieux pull de coton gris à l'effigie du camp du lac Ouareau. C'est là qu'elle passait ses vacances quand elle était plus jeune et qu'elle a travaillé comme monitrice cet été. Ça lui fait du bien de retrouver un objet aussi familier dans un endroit où tout est nouveau. Elle plie le pull à la verticale, comme sa mère le lui a appris, et le place dans son placard. Elle accroche une robe à un cintre quand elle entend un bruit de pas dans le corridor.

Emma entre dans sa chambre, les cheveux ébouriffés, vêtue d'un vieux t-shirt et d'un boxer qui a connu des jours meilleurs.

Elle salue son amie en bâillant et ouvre un tiroir au hasard.

EMMA: Mon Dieu, ne viens pas me dire que tu plies tes petites culottes?

BÉATRICE: Ben oui, pourquoi? Tu fais quoi, toi?

EMMA: Je les mets en boule dans mon tiroir de sous-vêtements! Ça ne se froisse pas, des petites culottes. À quoi ça sert de les plier?

BÉATRICE: Je sais pas. C'est mieux rangé quand j'ouvre mon tiroir et je peux voir ce que j'ai.

EMMA: Mais pourquoi? Tu ne prends pas la première au hasard?

BÉATRICE: Ben non, il y en a qui vont mieux sous tel type de vêtement, il y en a qui sont plus confortables, ou plus *sexy*, ça dépend de mon humeur.

EMMA: Tu te compliques la vie. T'as pas entendu parler de la méthode de Mark Zuckerberg ou de Barack Obama? Ils s'habillent pareil tous les jours pour ne pas perdre leur temps à prendre des décisions inutiles. Comme ça leur cerveau demeure libre pour les décisions importantes.

BÉATRICE: Es-tu en train de me dire que t'es la Barack Obama des petites culottes?

EMMA (en éclatant de rire): Ha! Peut-être que je justifie mon désordre comme je peux. On va se promener quand t'as fini?

Béatrice acquiesce et tend la main vers son téléphone qui vibre.

BÉATRICE (en roulant les yeux): C'est ma mère. Ça fait genre dix textos qu'elle m'envoie ce matin.

EMMA: C'est vrai qu'elle avait l'air un peu stressée, hier soir, en partant.

BÉATRICE: Stressée, tu dis?

EMMA: Au moins elle a fini par dire oui.

BÉATRICE: Au moins.

EMMA: Qu'est-ce qui l'a fait changer d'idée, tu penses?

BÉATRICE: Quand elle a rencontré ta tante, cet été. Elle est revenue un peu plus rassurée. Je pense qu'elle l'a trouvée spéciale, mais fiable.

EMMA: Ouais. C'est vrai que ma tante est spéciale.

BÉATRICE: J'ai hâte de la rencontrer.

EMMA: Elle arrive aujourd'hui.

BÉATRICE: Mais ce n'est pas juste elle qui a convaincu ma mère. Je pense que c'est ta mère aussi.

EMMA: Mes parents voulaient vraiment que tes parents disent oui! Et moi aussi. Je ne voulais tellement pas aller en résidence étudiante pendant leur sabbatique!

BÉATRICE: Moi non plus, la résidence ça ne me tentait vraiment pas. Pensionnaire en secondaire, ça allait, mais je suis tellement plus contente d'être ici avec toi.

EMMA: Je fais des cauchemars juste en pensant que ta mère aurait pu dire non.

BÉATRICE: Ta mère a raconté plein d'histoires effrayantes à la mienne, sur ses amies qui étaient en résidence étudiante au cégep* quand elles étaient jeunes. Il paraît qu'il y a un surveillant à chaque étage, dont la tâche principale consiste à draguer les jeunes étudiantes.

EMMA: Voyons donc, la direction du cégep ne laisserait pas faire ça!

BÉATRICE (en pliant un pantalon): En tout cas, que ce soit vrai ou pas, c'est mon anecdote préférée à vie parce que c'est celle qui a convaincu ma mère de me laisser partir en appart avec toi!

Emma, pressée que Béatrice termine son rangement, prend des vêtements et entreprend de les rouler en boule et de les lancer dans le placard.

BÉATRICE: Qu'est-ce que tu fais là? Il va falloir que je refasse tout!

EMMA: Arrête avec ça, t'es plus chez ta mère. Elle ne va pas venir inspecter ton rangement.

BÉATRICE: T'as raison.

EMMA: Bon, on y va, là?

BÉATRICE (en riant de bon cœur): OK, fatigante! J'ai envie d'un café.

---

* **Cégep** – Voir lexique page 359.

EMMA: Avec un croissant? On pourrait aller chez Première Moisson, sur la terrasse…

BÉATRICE: Parfait!

Les deux filles s'habillent rapidement et sortent. Tout est nouveau, pour Béatrice. Elle a grandi dans les Cantons-de-l'Est, dans la ferme laitière familiale. Elle a été pensionnaire en ville, en secondaire 4 et 5, mais ce n'était pas la même chose que d'y vivre réellement; elle avait rarement la chance de sortir du pensionnat et de déambuler comme ça, librement, dans les rues. Et tous les week-ends, ou presque, elle rentrait à la maison.

Emma, elle, a déjà ses habitudes dans le quartier, qui est voisin de celui où elle a grandi. Elle entraîne son amie vers le café de son choix, où elles commandent deux bols de café au lait et deux croissants. Elles prennent place au soleil, heureuses.

EMMA: Ça, c'est la belle vie! Approche-toi, je vais prendre une photo.

Comme d'habitude, Emma fait la grimace tandis que Béatrice affiche un sourire gêné.

BÉATRICE (tendant la main vers le téléphone): Montre voir?

EMMA: Elle n'est pas mal. Je la publie?

BÉATRICE: Oui. Notre première photo de colocs!

EMMA: J'ai vraiment hâte d'être demain. Je pense que c'est la première fois que j'ai hâte d'être à la rentrée depuis le primaire !

BÉATRICE: Je compte les minutes et les heures.

Emma met de la confiture sur son croissant et en prend une bouchée.

BÉATRICE: Emma... Penses-tu qu'il m'aime encore?

EMMA: Ben, là, c'est sûr ! Pourquoi tu dis ça?

BÉATRICE: C'est vraiment long, deux mois.

EMMA: Mais vous vous écriviez et vous vous parliez tout le temps, non?

BÉATRICE: Le plus possible. Mais c'était compliqué.

EMMA: À cause du décalage horaire?

BÉATRICE: Non ! Au camp, j'avais pas de wifi, et à la maison, je ne voulais pas que mes parents me surprennent.

EMMA: Ne me dis pas que tu ne leur as pas encore dit?

BÉATRICE: T'es folle ! Si ma mère savait que j'ai un chum*, elle m'aurait jamais laissée partir en appartement en ville.

Le téléphone d'Emma vibre sur la table. Elle le prend et regarde l'écran.

EMMA: C'est ma tante ! Elle vient de rentrer. Elle nous invite chez elle. On y va?

BÉATRICE: OK.

* **Chum** – Petit ami, amoureux, copain.

Les deux filles marchent quelques minutes vers l'immeuble où elles habitent. Leur appartement se trouve au premier, et celui de Marie-Pier, la tante d'Emma, au deuxième. C'est cette unique condition qui a poussé les parents de l'une et de l'autre à accepter qu'elles vivent en appartement, à dix-sept ans, pour l'entrée au cégep. L'immeuble de pierre, couvert de lierre, s'ouvre sur un appartement construit dans le style des années 1920, en enfilade, avec des boiseries sombres et des vitraux d'époque. Le salon donne sur la rue, et la cuisine est tout au fond, à côté de la porte de l'escalier intérieur qui mène à l'étage. C'est cette porte que les filles empruntent, prenant soin de sonner avant d'entrer chez Marie-Pier.

MARIE-PIER (criant à travers la porte): C'est ouvert, entrez !

Les filles sont accueillies par une douce musique berbère et une odeur de menthe.

La tante d'Emma sort du salon et s'avance vers elles, déplaçant de l'air comme une tornade. Avec sa crinière blonde et bouclée en bataille, son jean taille haute déchiré, ses bottes à talons aiguilles et son pull échancré, elle ressemble plus à une grande sœur qu'à une tante.

Marie-Pier enveloppe Emma dans ses bras, la serrant fort contre elle avant de lui faire deux grosses bises sur les joues.

Béatrice, polie, s'avance vers elle en lui tendant la main, mais Marie-Pier l'attire vers elle et la serre aussi dans ses bras.

MARIE-PIER: Ça va, les filles? Vous êtes bien installées? Je suis vraiment désolée de ne pas avoir été là hier pour vous aider à emménager.

EMMA: Tout est parfait.

BÉATRICE: Oui, merci vraiment de nous accueillir ici. On est super contentes.

MARIE-PIER: Ça fait quatre ans que je loue le rez-de-chaussée à des étudiants. D'habitude, ce sont des étudiants de l'université, par contre. C'est la première fois que je suis responsable des besoins physiques et moraux de mes locataires.

C'est dit avec le sourire, mais Béatrice devine tout de suite d'où ça vient.

BÉATRICE: C'est ma mère qui a dit ça? Elle peut être intense, des fois.

MARIE-PIER: Elle est super gentille, ta mère. Tu devrais t'estimer heureuse d'avoir une mère aussi impliquée dans ta vie.

BÉATRICE: Peut-être... Mais elle est un peu envahissante.

MARIE-PIER: Toutes les bonnes mères le sont au moins un peu.

BÉATRICE: Elle vous envoie un gâteau au fromage. J'ai oublié de le monter, je vais redescendre le chercher.

MARIE-PIER: De un, tu peux me tutoyer. De deux, c'est vraiment gentil, mais je suis végane.

EMMA: Hein? Depuis quand?

MARIE-PIER: Depuis que j'ai vu le documentaire, là, avec Leonardo Di Caprio.

EMMA: Ça ne me dit rien.

MARIE-PIER: Oh, c'était peut-être avec l'autre acteur, là, celui qui lui ressemble. Mais ça m'a choquée profondément. C'est effrayant les ravages qu'on fait avec l'élevage du bétail.

Béatrice ne sait pas quoi dire. Heureusement, Emma s'en charge à sa place.

EMMA: Euh, Marie-Pier, c'est que la famille de Béatrice a une ferme laitière et son fameux gâteau au fromage, sa mère le fait avec les produits de la ferme.

MARIE-PIER: Je suis désolée, ma chouette. Je voulais pas te mettre mal à l'aise. Je suis sûre que le gâteau de ta mère est délicieux.

BÉATRICE: Aucun problème.

EMMA: Ça veut dire qu'on peut le manger, si t'en veux pas?

MARIE-PIER (en riant): Oui, gourmande! Les filles, ça vous dérange si je vais me changer? J'ai passé la nuit dans l'avion.

Marie-Pier s'esquive quelques instants. Emma et Béatrice prennent place à la cuisine. Le téléphone de Béatrice vibre et elle le sort de sa poche.

BÉATRICE: C'est lui! Il attend son avion. Il dit qu'il a trop hâte de me revoir. Penses-tu que les choses vont avoir changé entre nous?

EMMA: Ben, je ne sais pas.

BÉATRICE: Comment, tu ne sais pas? Tout à l'heure t'as dit que c'était sûr qu'il m'aimait encore!

EMMA: J'y ai pensé. C'est vrai que c'est long, deux mois. Surtout que ça ne faisait pas longtemps que vous sortiez ensemble. Peut-être que vous aurez changé.

BÉATRICE: Ne dis pas ça, c'est mon pire cauchemar!

EMMA: Il va y avoir plein de garçons, au cégep. Ce serait peut-être mieux d'attendre de voir qui tu vas rencontrer, non? Moi, en tous cas, je suis contente que ça soit fini avec Julien. Je trouve ça cool de commencer l'année en célibataire.

BÉATRICE: Pas moi. Si tu dis ça, c'est que tu ne comprends pas à quel point je l'aime.

À ce moment, Marie-Pier revient, vêtue d'une tunique mauve brodée d'or et d'un pantalon ample. Elle invite les filles au salon. Béatrice regarde autour d'elle avec curiosité. La pièce regorge de bibelots étranges, souvenirs des voyages fréquents de son occupante. Professeure d'anthropologie, Marie-Pier a fait du voyage un mode de vie. Elle rentre d'un séjour de deux mois dans l'ouest de l'Algérie. Emma a l'habitude des passions subites et changeantes de sa tante pour diverses parties du monde; aujourd'hui c'est la djellaba et le thé à la menthe, le mois prochain ce sera le kimono et le thé vert. C'est ce qui fait le charme de Marie-Pier: ce côté imprévisible, mais toujours passionné et entier.

Marie-Pier s'assoit sur un petit pouf de cuir disposé à côté d'une table basse et elle invite les filles à faire de même. Elle sert à chacune un thé à la menthe fumant et une petite assiette de pâtisseries aux amandes.

EMMA: Mes parents m'ont appelée hier quand ils sont arrivés à Melbourne. C'est bizarre de penser que c'est l'hiver, là-bas!

MARIE-PIER: Ils m'ont appelée, moi aussi. En fait, je m'attends à ce qu'ils m'appellent tous les jours pendant un moment.

EMMA: Pourquoi?

MARIE-PIER: Parce que t'as dix-sept ans, et qu'ils s'inquiètent. Tu sais qu'ils m'ont fait à peu près le même discours que les parents de Béatrice?

EMMA: Pour te parler de quoi?

MARIE-PIER: De drogue, d'ITSS, de grossesses non désirées...

EMMA: Tu rigoles?

MARIE-PIER (riant): Ton père, je pense qu'il a oublié que je sais ce que c'est, être adolescente. Ou peut-être qu'au contraire, il s'en souvient trop bien...

EMMA: Ça veut dire quoi, ça?

MARIE-PIER (évasive): Ah, rien. Et quand est-ce que l'autre arrive?

L'autre, c'est l'élément auquel Emma essaie très fort de ne pas penser depuis la veille.

Leur appartement compte trois chambres. Le loyer est raisonnable seulement si on le divise par trois. Les filles ont donc dû se résigner à chercher une troisième coloc. Elles ont demandé à toutes leurs amies, aux amies de leurs amies, aux amies des amies de leurs amies, mais personne de leur connaissance n'a pu se joindre à elles. Presque toutes les filles de leur âge habitent à la maison, avec leurs parents.

Elles ont donc dû se résoudre à placer une annonce dans le groupe Facebook privé des étudiants du cégep, mais là non plus, ça n'a pas donné grand-chose. Quelques *likes,* mais aucun commentaire et aucun message. La mère d'Emma en était à éplucher les annonces sur eBay, tandis que le père de Béatrice commençait à marmonner que, finalement, la résidence étudiante, ça ne serait pas plus mal.

Tout, sauf ça, s'étaient dit les deux filles.

Tout, ça a donné Mia.

#2

Béatrice sort le gâteau au fromage du frigo et en coupe deux grosses parts. Emma court chercher une boîte qu'elle déballe fièrement sur la table de la cuisine.

BÉATRICE: C'est quoi, ça?

EMMA: Une machine Nespresso! C'est le cadeau de ma mère, pour notre pendaison de crémaillère. On en a une à la maison, tu vas voir, c'est super bon!

BÉATRICE: Je veux bien que ça soit bon, mais ça coûte cher, ces capsules-là, non? Mes parents m'ont fait un budget assez serré.

EMMA: On va s'arranger! Maintenant qu'on est au cégep, on va étudier tard. Le café va devenir essentiel, crois-moi.

BÉATRICE: C'est vrai que Sébastien dit que ça n'a rien à voir avec le secondaire.

EMMA: Ah, si Sébastien le dit…

BÉATRICE: Ça veut dire quoi, ça?

EMMA: Rien, rien.

Béatrice a rencontré Sébastien l'an dernier, lors d'une journée portes ouvertes destinée aux futurs étudiants du cégep. Il était chargé de la visite pour le groupe dans lequel se trouvaient Emma et Béatrice. Béatrice avait bien sûr tout de suite remarqué ce beau grand type aux cheveux presque noirs et au sourire ravageur. Il lui avait adressé quelques petites blagues, pendant la visite, et un clin d'œil en la quittant, mais personne n'avait été plus surpris qu'elle quand il lui avait envoyé une demande d'amitié sur Facebook, le lendemain. Elle avait appelé Emma en hurlant, tentant de deviner pour quelle raison mystérieuse un si beau garçon du cégep voulait être son ami sur Facebook.

Finalement, la raison était très simple: il voulait l'inviter au cinéma. Béatrice avait dû inventer un travail de groupe urgent à terminer pour convaincre ses parents de la laisser dormir en ville chez Emma, un vendredi soir. Elle avait passé trois heures à se préparer, se bouclant les cheveux et se maquillant pour ensuite décider qu'elle avait l'air trop arrangée et finir par prendre une deuxième douche pour se créer un look plus naturel. Emma lui avait prêté ses plus beaux vêtements et l'avait aidée à sécher ses cheveux (deux fois de suite sans rouspéter, ce qui est la marque d'une vraie meilleure amie).

Arrivée au cinéma, Béatrice s'était sentie ultra gênée en le retrouvant. Elle avait refusé d'acheter du popcorn, ne voulant pas mâcher bruyamment dans le noir à ses côtés. Elle s'était contentée de prendre une bouteille d'eau et du chewing-gum pour s'assurer d'avoir l'haleine fraîche s'il voulait lui parler pendant le film.

Quand le film avait commencé, Béatrice regardait fixement devant elle, mais ne voyait rien, n'entendait rien, ne suivait pas du tout l'histoire; elle était consciente de chaque mouvement, même infime, de Sébastien dans le noir. À un moment, il s'était tourné vers elle et lui avait souri; elle avait senti son cœur se gonfler de bonheur. Quelques instants plus tard, il avait pris sa main, et l'avait tenue jusqu'à la fin de la représentation.

Quand le film s'était terminé, elle avait été triste de sentir sa main quitter la sienne. Ils étaient sortis, clignant des yeux en se retrouvant sous la lumière peu flatteuse de l'entrée du cinéma. Puis Sébastien avait invité Béatrice à prendre un dessert chez Juliette et Chocolat. Elle avait accepté, ravie. Ils avaient parlé jusque très tard dans la nuit, ce qui avait forcé Emma à prouver encore une fois sa loyauté de meilleure amie. Afin que ses parents croient que les deux filles avaient passé la soirée ensemble, elles devaient rentrer en même temps et, de toute façon, Béatrice n'avait pas la clé. Vers vingt-trois heures,

Emma s'était mise à texter Béatrice pour lui dire qu'elle était prête à quitter le party* où elle était, où elle ne connaissait presque personne, mais Béatrice lui avait répondu des «Quinze minutes de plus, stp!!!!!!» jusqu'à deux heures du matin.

C'est en la quittant ce soir-là que Sébastien a embrassé Béatrice pour la première fois. Depuis, ils se sont vus aussi souvent que possible, c'est-à-dire peu, car Béatrice, pensionnaire, disposait de très peu de liberté en ville et devait rentrer chez elle presque tous les week-ends.

Puis est venu l'été qui les a séparés. Sébastien avait prévu depuis longtemps de passer ses vacances comme stagiaire dans l'entreprise de son oncle dans le sud de la France.

Béatrice a l'impression qu'elle a arrêté de respirer, le 23 juin, quand Sébastien est parti. Elle a tellement hâte de le revoir que même le fait de commencer le cégep lui semble peu important, en comparaison.

Et puis, ce n'est pas juste de revoir Sébastien qui l'énerve... Elle sait qu'il a un gros groupe d'amis, au cégep, qu'elle n'a jamais rencontrés pour la plupart, sauf son meilleur ami, Thomas. Thomas est super gentil et elle s'entend bien avec lui, mais elle espère qu'il en sera de même avec les autres garçons et filles de leur gang**. Ils se connaissent tous depuis longtemps, ont été au secondaire ensemble et sont tous en

---

* **Party** – Fête.
** **Gang** – Bande.

deuxième année de cégep. Elle se demande s'ils vont accepter une petite nouvelle parmi eux.

BÉATRICE: Emma, penses-tu qu'elles vont être sympas, Astrid et Justine?

EMMA: Je ne les connais pas vraiment. Elles étaient à Notre-Dame, et elles ont un an de plus que nous.

BÉATRICE: Mais t'as des amis qui les connaissent?

EMMA: Je t'ai déjà dit que oui. Nathan est allé au camp avec le frère d'Astrid. Il l'a rencontrée une fois, dans un party.

BÉATRICE: Et elle était sympa?

EMMA: Je t'ai déjà raconté tout ça!

BÉATRICE: Je sais, mais j'ai besoin d'être sûre. Nathan a dit qu'elle était comment?

EMMA: Super belle.

BÉATRICE: Et gentille?

EMMA: Quand un garçon trouve une fille belle, je ne pense pas qu'il s'inquiète de savoir si elle est gentille.

BÉATRICE: Nathan a donc flashé sur elle?

EMMA: Pas vraiment, je pense. Elle est trop cool pour lui.

BÉATRICE: Qu'est-ce que tu veux dire?

EMMA: Allo? Elle est en cégep deux et c'est une des filles les plus canon du collège.

BÉATRICE: Ben oui, puis Sébastien est habitué à être avec des filles comme elle ! Penses-tu qu'il va me trouver assez belle ?

EMMA: Il te trouvait bien assez belle pour sortir avec toi l'an passé.

BÉATRICE: Mais tu as dit toi-même que tout pouvait avoir changé ! Oh mon Dieu, je suis tellement stressée.

EMMA: Je sais. J'ai vraiment hâte que tu le revoies.

BÉATRICE: Pour de vrai ?

EMMA: Parce que je commence à être fatiguée d'en entendre parler !

BÉATRICE: Mais…

EMMA: Je te taquine, Béa. Mais tu dois admettre que t'es un peu obsédée.

Emma ne sait pas quoi penser de cet amour fulgurant qui unit Béatrice à Sébastien. D'un côté, elle l'envie: elle n'a jamais rien ressenti d'aussi fort envers les chums qu'elle a eus. Elle les aimait, c'est sûr, elle aimait passer du temps avec eux, mais elle n'a jamais ressenti cette passion qui semble consumer Béatrice tout entière.

Elle est aussi consciente du fait que Béatrice sort avec un des plus beaux garçons du cégep. Et qu'il est en deuxième année, en plus. Elle se demande quel impact cela aura sur leur amitié. Quand Béatrice est arrivée en ville, en secondaire 4, pensionnaire au collège d'Emma, elle ne connaissait personne. C'était la fille réservée qui arrivait de la campagne et qui était intimidée par tout et tout le monde. Emma l'avait prise sous son aile et l'avait présentée à son monde: son quartier, son café préféré, ses amies au collège, et même quelques-uns de ses amis, les rares fois où Béatrice avait obtenu de ses parents la permission de passer le week-end en ville.

Emma est habituée d'être la meneuse du duo. Celle qui a confiance en elle, qui connaît tout le monde, qui sait où aller et avec qui se tenir.

Mais voilà qu'au cégep, Emma sera la petite nouvelle. Il y aura plein de filles de son école secondaire, bien sûr, et des garçons de son quartier, mais ils seront nouveaux eux aussi. Elle sait très bien, pour en avoir entendu parler, que c'est la gang des amis de Sébastien qui prend le plus de place dans la vie sociale du cégep. Elle est contente de savoir qu'elle y aura un peu accès à travers Béatrice, mais elle se demande comment ça va changer leur dynamique, à toutes les deux, et si Béatrice ne risque pas de l'oublier un peu en se tenant avec une gang plus âgée et plus cool.

En regardant son amie siroter son café, elle se promet qu'elle ne laissera pas les choses changer entre elles.

#3

Emma fait les cent pas devant la porte d'entrée.

EMMA: Il est midi huit !

BÉATRICE: Donne-lui le temps, elle arrive de Québec ! Elle ne sera sûrement pas ici à l'heure pile.

EMMA: Quand même. Elle pourrait être ponctuelle. Elle n'a même pas répondu à mon texto ! Et si on était pressées de sortir ?

BÉATRICE: Voyons, dans ton message tu lui as dit qu'on passerait l'après-midi à la maison.

EMMA: Je me demande comment elle va être.

BÉATRICE: Si j'avais à parier, je dirais...

EMMA: Quoi ?

BÉATRICE: Brune, petite, les cheveux au menton, féministe.

EMMA: T'es bête ! On le sait, ça, c'était sur son Facebook !

BÉATRICE: Ben, qu'est-ce que tu veux savoir de plus ?

EMMA: Je sais pas, moi, quel genre de personnalité elle a, si elle va être gentille, facile à vivre, tout ça !

BÉATRICE: Dis-toi qu'elle doit être bien plus nerveuse que nous. Elle arrive dans une nouvelle ville, un nouveau cégep, elle connaît personne et elle se retrouve coloc avec deux filles qui sont déjà amies. Elle a sûrement super hâte de nous connaître et je parie qu'elle va vouloir s'adapter à nous.

EMMA: T'as peut-être raison. Ah, je vois une auto qui stationne devant la maison ! Ah non, c'est un monsieur. Mais quand est-ce qu'elle va arriver?

À ce moment, comme par magie, le bruit de la sonnette retentit. Emma se précipite et ouvre la porte. Entre une fille de dix-sept ans qui est, comme Béatrice l'avait prédit, brune, petite, les cheveux au menton. Les filles la saluent et se présentent, puis elles l'invitent à entrer.

EMMA: Tu nous as prises par surprise. Je surveillais les voitures mais je t'ai pas vue arriver.

MIA: C'est parce que je suis venue en métro.

BÉATRICE: De Québec?

MIA: Mais non, voyons. J'ai pris un autobus Orléans Express. Puis le métro de la station Berri-UQAM jusqu'ici. C'était pas mal.

EMMA: Et tes parents?

MIA: Quoi, mes parents?

BÉATRICE: Ils ne voulaient pas venir t'installer à Montréal?

MIA: Ma mère travaille et mon père est aux abonnés absents.

EMMA: T'as réussi à apporter toutes tes affaires dans un sac à dos?

MIA: J'ai juste apporté l'essentiel. Je trouve que ça ne sert à rien de s'encombrer dans la vie.

EMMA (dont la chambre regorge encore de boîtes pas défaites): C'est vrai.

BÉATRICE: As-tu faim? On t'attendait pour manger.

MIA: En fait, j'avais l'intention de sortir.

EMMA: Sortir? Déjà? Pour aller où?

MIA: Découvrir la ville, me promener.

BÉATRICE (conciliante): OK. Veux-tu qu'on vienne avec toi et qu'on te fasse visiter le quartier?

MIA: Si ça ne vous dérange pas, je pense que j'aimerais mieux sortir toute seule. Je vais mieux apprendre à m'orienter que si je vous suis partout.

EMMA: OK... Veux-tu une clé, avant de partir? Veux-tu voir ta chambre?

MIA: La clé, ça serait super. La chambre, juste pour déposer mon sac. Je m'installerai tout à l'heure.

Quelques minutes plus tard, la porte se referme sur Mia. Béatrice et Emma se regardent, estomaquées.

EMMA: Alors?

BÉATRICE: Ben, je ne sais pas.

EMMA: C'est vraiment bizarre, non?

BÉATRICE: Quand même. Il me semble qu'elle aurait au moins pu prendre le temps de nous parler un peu et de visiter l'appart.

EMMA: C'est ultra bizarre. Je me demande quel genre de cinglée on a ramassé.

BÉATRICE: N'exagère pas! Tout est nouveau, pour elle. Tu sais, c'est peut-être la première fois qu'elle vient à Montréal. Juste prendre le métro, c'est une grosse affaire quand on ne vient pas d'ici.

EMMA: Peut-être. En tout cas, je vais pas me démener pour devenir sa nouvelle meilleure amie, ça c'est sûr.

BÉATRICE: Attends de voir. Je suis sûre qu'on va finir par bien s'entendre avec elle.

EMMA: Et sinon, il n'y a pas de loi qui dit qu'on est obligées d'être amies avec notre coloc.

BÉATRICE: Tu vois tout trop en négatif. C'est sa première journée. Donne-lui une chance. Puis à nous aussi, donne-nous une chance d'apprendre à la connaître.

EMMA: C'est elle qui ne nous a pas donné de chance!

Mia ne revient que vers dix-neuf heures, munie de six bières blondes et d'une pizza format géant. Elle s'installe dans la cuisine où Emma et Béatrice se joignent à elle.

MIA: En voulez-vous?

BÉATRICE: Une bière, avec plaisir, mais on a déjà mangé.

MIA: Pas de problème. Ça en fera plus pour moi. J'ai fumé un joint dans le bois sur la montagne, j'ai donc assez faim merci.

Emma et Béatrice ne disent rien. Elles n'ont fumé qu'une fois, dans un party chez des amis, l'an passé, et ni l'une ni l'autre n'a apprécié l'expérience. Emma a trouvé que ça brûlait la gorge et Béatrice est devenue tout étourdie et a dû aller se coucher. Mais elles savent que plusieurs étudiants du cégep fument et elles ne veulent pas avoir l'air coincées.

MIA: Avez-vous entendu parler des Foufounes électriques?

Béatrice fait non de la tête.

EMMA: Le bar *trash* sur Sainte-Catherine? Oui, pourquoi?

MIA: Il paraît qu'il y a un spectacle-surprise de Grime ce soir. Ça vous tente?

EMMA (gênée): Ben, c'est que j'ai pas encore de fausses cartes. Je suis censée en acheter à un type, au cégep, mais il n'est pas encore revenu de vacances.

MIA (incrédule): Mais l'an passé, qu'est-ce que tu faisais?

EMMA: Ben, on sortait surtout dans des partys de sous-sol. Ou on passait nos week-ends chez Béa, dans les Cantons-de-l'Est.

MIA: Je n'ai certainement pas quitté Québec pour passer ma vie dans des partys de sous-sol.

BÉATRICE: Holà, on va en avoir des fausses cartes ! On ne les a juste pas encore. Puis de toute façon, Emma va avoir dix-huit ans bientôt.

MIA: Wow. D'ici là, amusez-vous bien, les filles. Je vais aller prendre ma douche. Ne vous gênez pas si vous voulez une autre bière ou si vous avez besoin que je passe à la supérette pour vous.

Elle quitte la cuisine en ricanant. Emma soupire. Elle place les bières restantes au frigo pendant que Mia se dirige vers la salle de bains. Puis, elle se tourne vers Béatrice.

EMMA: Donc…

BÉATRICE: Donc c'est encore sa première journée. On verra.

EMMA: Je ne sais pas.

BÉATRICE: On regarde un film sur Netflix?

EMMA: Mouais. Mon Dieu que j'ai hâte d'être demain !

#4

Béatrice entre en courant dans la chambre d'Emma. Elle secoue son amie, qui grogne de mécontentement. Puis, pour être certaine de bien la réveiller, elle ouvre grand les rideaux, laissant le soleil matinal du mois d'août envahir la chambre.

BÉATRICE: Emma! Emma!

EMMA: Hein? Il est quelle heure?

BÉATRICE: Presque sept heures.

EMMA: Presque sept heures! Qu'est-ce qui te prend de me réveiller aussi tôt?

BÉATRICE: Il me prend que Sébastien est arrivé! Il m'a textée! Il vient d'atterrir!

EMMA: De bonne heure comme ça?

BÉATRICE: Il a fait une escale à New York pendant la nuit. Il est là, Emma, il est revenu, je ne tiens plus en place!

EMMA: Je vois ça.

BÉATRICE: Lève-toi, je te prépare un Nespresso à deux cents dollars la capsule.

Elle sort de la chambre d'Emma, le pas dansant.

EMMA (criant du fond de son lit): Avec du lait !

Béatrice revient quelques minutes plus tard, deux tasses de café à la main.

BÉATRICE: OK, l'heure est grave, Emma. Qu'est-ce que je mets ?

EMMA: T'avais pas dit hier que tu mettrais ton jean gris ?

BÉATRICE: Oui, mais ça, c'est quand ils annonçaient de la pluie. Là, regarde dehors, il fait un gros soleil ! Il va faire super chaud et lourd, aujourd'hui, je peux pas prendre le risque d'être tout en sueur !

EMMA (ironique): Mon Dieu, non, tout mais pas ça.

BÉATRICE: Comment elles vont s'habiller, tu penses, Astrid, Justine et toute la gang ?

EMMA: Comment veux-tu que je le sache ? Je ne les connais pas !

BÉATRICE: Non, mais si t'avais à deviner comment s'habillent des filles super belles et super populaires dans un cégep, tu dirais quoi ?

EMMA: Je dirais un pantalon de yoga et un jus vert à la main.

BÉATRICE: Vraiment?

EMMA: Ben, ça se peut. Je vois souvent des belles filles comme ça dans la rue. Genre, sur Laurier.

BÉATRICE: Merde, je n'en ai pas, moi, de pantalon de yoga.

EMMA: Ah, ben là, pas le choix, va falloir que tu t'y mettes. Ça et les cours de ballet.

BÉATRICE: Le ballet? On n'a pas six ans, quand même.

EMMA: Mais non, des cours de barre au sol. Tout le monde en fait.

BÉATRICE: T'aurais pu me prévenir de tout ça avant.

EMMA: Mais t'exagères, là, Béatrice! Sois toi-même! Tu as plu à Sébastien en étant toi-même, je ne vois pas ce que tu peux faire de plus.

BÉATRICE: Être moi-même, être moi-même, c'est facile à dire. Toi, tu t'habilles comment?

EMMA: J'allais mettre ma robe, là, avec les motifs fleuris.

BÉATRICE: Ah oui, elle est super belle. Si je mettais ma robe fleurie moi aussi, est-ce qu'on aurait l'air trop pareilles?

EMMA: Vraiment pas, le style est super différent.

BÉATRICE: OK, je prends ma douche et on se prépare pour y aller?

EMMA: Sébastien arrive au cégep de bonne heure comme ça?

BÉATRICE: Non, il rentre chez lui pour prendre une douche et essayer de faire une petite sieste. Il n'a pas dormi beaucoup. Il m'a dit de le rejoindre pour midi dans la grande salle. Mais j'aimerais arriver de bonne heure pour apprendre à m'orienter et ne pas être en retard à mon premier cours.

EMMA: OK, OK, on peut y aller de bonne heure.

Emma fait semblant de rouspéter, mais elle partage l'excitation de Béatrice. Leur première journée au cégep! C'est fou comme il lui semble avoir attendu ce moment depuis longtemps.

Elle se sert un bol de céréales qu'elle avale en vitesse, puis, dès que Béatrice est sortie de la douche, elle s'y glisse à son tour. Elle passe plus de temps que d'habitude à laver ses longs cheveux bouclés, elle s'exfolie le visage, se rase les jambes; elle veut être pimpante pour cette première journée. Elle a hâte de retrouver ses amis, de rencontrer ses nouveaux profs, de vivre l'expérience exaltante du cégep, mais surtout, dans le fond d'elle-même, elle espère rencontrer elle aussi un beau mec avec qui vivre le grand amour…

En marchant vers le cégep, Béatrice sort son téléphone pour consulter à la fois son fil Instagram et son horaire du jour, qui est en ligne sur le portail du cégep.

BÉATRICE: Je commence avec un cours de français à huit heures trente.

EMMA: Moi, j'ai maths. Ark ! Et après ça, chimie !

BÉATRICE: T'avais qu'à pas choisir sciences de la nature ! Après mon cours de français, j'ai un trou dans mon horaire.

EMMA: Ça, ça va être vraiment cool, les trous. On va pouvoir déconner dans la grande salle au lieu de tout le temps être en classe.

BÉATRICE: On n'aura pas tous nos trous en même temps.

EMMA: Non, mais on aura d'autres amis.

BÉATRICE: C'est censé être pour étudier, les trous. Moi, en tous cas, je vais essayer de m'y mettre dès ce matin. Ça va m'éviter de me demander avec qui m'asseoir pendant mon trou, et ça va me permettre de prendre de l'avance pour avoir plus de temps à passer avec Sébastien pour le reste de la semaine.

EMMA (faisant semblant d'être horrifiée): *My God,* t'es tellement intello !

BÉATRICE (en riant): Regarde-toi d'abord, madame sciences de la nature !

Les filles approchent du cégep. Elles aperçoivent au loin des dizaines et des dizaines d'étudiants, certains se dirigeant vers la porte comme elles, d'autres lézardant au soleil sur les pelouses entourant le bâtiment.

Elles entrent par la porte principale, puis se dirigent tout de suite vers une longue table identifiée « Accueil ». Là, une gentille brune leur remet un plan du collège et leur explique brièvement où trouver les divers pavillons. Tout leur semble si immense. Elles montent ensuite au deuxième pour faire prendre leur photo et récupérer leur carte étudiante. Elles ont tout juste le temps de passer aux toilettes avant de partir à la recherche du local de leur premier cours.

En regardant le plan, elles se rendent compte que leurs cours sont dans des pavillons différents, à deux bouts opposés du campus.

EMMA: Bon, ben... à tout à l'heure.

BÉATRICE: On se voit ce midi?

EMMA: Promis. Et on se texte d'ici là.

BÉATRICE: Penses-tu qu'on a le droit d'utiliser nos téléphones en classe?

EMMA: Mieux vaut le laisser dans ton sac et attendre de voir ce que les autres font. Ça sert à rien qu'on s'attire des ennuis dès le premier jour.

BÉATRICE: C'est vrai.

EMMA: Bon, ben... à tout à l'heure!

BÉATRICE: À tout à l'heure!

Elles partent chacune dans une direction opposée, se sentant tout à coup bien petites dans cette immensité de corridors, de salles de classe et d'étudiants qui semblent tous magiquement savoir où aller.

#5

Juste avant midi, Béatrice entre dans la grande salle du cégep, là où Sébastien lui a dit que tous les étudiants se tenaient entre leurs cours. L'espace ne paie pas de mine; à entendre Sébastien et son ami Thomas en parler, elle s'était imaginé quelque chose à mi-chemin entre le café sympa des personnages de *Friends,* la série des années 1990 qu'elle a dévorée durant l'été sur Netflix, et un espace de cotravail design à la Google. La réalité est tout autre: cette fameuse grande salle où se font et se défont couples, amitiés et statuts sociaux ressemble plus à une salle d'attente d'hôpital, avec ses murs de béton, son mauvais éclairage et ses rangées de bancs disposés au hasard.

Béatrice regarde nerveusement son téléphone. Sébastien lui a promis de la rejoindre, mais il devait rencontrer son prof de philo juste avant l'heure de manger, et il n'a pas répondu à son dernier texto. Quant à Emma, son cours n'est pas encore terminé. Béatrice lève la tête, tentant d'apercevoir un visage connu. Rien. Elle se dit qu'elle ne peut quand même pas rester plantée là à regarder son téléphone, en espérant que quelqu'un la repère.

Elle se dirige d'un pas décidé vers les toilettes, au fond de la grande salle. Ça lui donnera l'air de savoir où elle s'en va, tout en lui permettant de scanner des yeux l'immense salle pour essayer d'y croiser un regard ami. Elle observe discrètement autour d'elle, mais ne reconnaît personne. Elle entre aux toilettes, se remet du brillant à lèvres, donne un coup de brosse à ses cheveux et ressort.

Toujours rien. Si seulement Emma et elle avaient choisi le même programme! Leur horaire n'est vraiment pas le même. Béatrice lève les yeux vers le Café Cactus, où une longue file d'étudiants attend en ligne. Elle se dit qu'au pire, elle pourra toujours se joindre à la file: ça lui donnera l'air occupée en attendant que Sébastien la trouve ou lui envoie un texto.

La cohue dans la grande salle prend de l'ampleur, alors que de plus en plus d'étudiants sortent de leurs cours. Bientôt, on y est tassé comme dans un hall d'aéroport. En se faufilant entre deux groupes d'étudiants qui se retrouvent en se faisant la bise et en se donnant des *high five*, Béatrice tombe sur...

BÉATRICE: Mia! Je suis contente de te voir. Ça va?

MIA: Je pense qu'il y a plus de monde dans cette salle-ci que dans la ville de Québec au complet.

BÉATRICE: N'exagère pas! Mais c'est vrai que c'est plein, hein? Veux-tu qu'on cherche une place où s'asseoir?

MIA: Tiens, il n'y a personne sur le banc, là-bas, près de la porte du perron.

Les deux filles prennent place. Soulagée, Béatrice sort une barre tendre de son sac à dos.

MIA: Veux-tu un café?

BÉATRICE: Tu sais quoi, ça serait vraiment cool. Mais il y a une mégafile au café.

MIA: Bah, il y a un distributeur à côté. Tout le monde est bien trop snob pour l'utiliser, mais je vais te dire un secret, Béatrice: de la caféine, c'est de la caféine.

BÉATRICE (en riant): OK pour le distributeur! Attends, je vais te donner un dollar.

Mia est vite de retour avec les cafés. Les deux filles boivent leur boisson chaude en observant les étudiants qui passent devant elles.

BÉATRICE: On ne t'a pas vue, ce matin.

MIA: Je me suis levée super tôt. Je suis allée marcher sur la montagne vers six heures, puis je suis venue direct ici après.

BÉATRICE: T'es folle ! Et ton premier cours, comment ça a été ?

MIA: Pas mal. C'était philo. C'est un peu chiant, Socrate et Platon, mais quand même, je suis impressionnée que dans notre société aussi soumise à la dictature du marché, on prenne encore le temps d'enseigner la philo aux étudiants du cégep. Au lieu de, genre: «Comment consommer pour gâcher sa vie et la santé de la planète 101».

Béatrice réfléchit un instant, ne sachant pas quoi répondre, quand un groupe de trois filles, dont une grande blonde perchée sur des bottillons à talons hauts, s'approche d'elles avec un air déterminé.

LA GRANDE BLONDE: Bonjour, les petites nouvelles. Vous n'êtes peut-être pas au courant, mais c'est notre banc.

BÉATRICE (surprise): Il y a des bancs réservés ?

MIA: Mais non, Béa. C'est juste qu'il y a des petites madames qui se prennent pour d'autres.

LA GRANDE BLONDE: Regardez, les filles, si ça vous tente de passer une belle année ici, on va pas faire toute une histoire avec ça. C'est le premier jour, vous êtes perdues, je comprends, mais à l'avenir vous saurez qu'ici c'est notre banc. Allez, bonne journée !

MIA: Mais on était ici en premier !

LA GRANDE BLONDE (en l'imitant avec une voix de bébé pleurnichard): On était ici en premier !

MIA: Mon Dieu, t'as quel âge, toi, cinq ans et demi ?

BÉATRICE (ne souhaitant pas attirer l'attention): Viens, Mia, on s'en va.

MIA: Voyons donc, Béa, pas question ! Je vais dormir ici s'il le faut. C'est complètement ridicule qu'une gang de bécasses vienne nous dire où on peut s'asseoir !

À ce moment, Béatrice entend une chaude voix masculine appeler son nom. Elle se retourne, et son ventre se serre. C'est lui, c'est Sébastien ! Plus beau encore que dans ses souvenirs, plus beau que sur les photos qu'il lui a envoyées cet été, le visage bronzé, les cheveux noirs, le torse sculpté par son t-shirt vintage. Il la prend dans ses bras et la serre fort, longtemps. Elle sent son odeur, elle n'arrive pas à croire qu'il est enfin là, que c'est enfin lui.

SÉBASTIEN: Je suis tellement content de te voir ! Et t'as déjà trouvé les filles, c'est super !

BÉATRICE: Les filles ?

SÉBASTIEN: Astrid, Justine, Raphaëlle, je vous présente Béatrice.

Les trois filles, dont la grande blonde, qui se révèle être la fameuse Astrid, font la bise à Béatrice, puis s'installent sur leur banc comme si de rien n'était. Béatrice décide tout de suite de ne pas mentionner l'incident à Sébastien. Il ne sert à rien de commencer sa relation avec les amies de son chum du mauvais pied. Dire qu'elle était à deux doigts de se disputer avec elles, à cause de Mia !

BÉATRICE: Sébastien, je te présente Mia, mon autre coloc.

SÉBASTIEN: Salut !

Mais Mia ne lui répond pas, elle ne le regarde même pas, elle se contente de dévisager Béatrice d'un air furieux.

MIA: Tu me fais marcher, là? Tu ne vas pas t'asseoir avec les bécasses?

BÉATRICE: Voyons, ce n'est vraiment pas une grosse histoire. Elles ne savaient pas qui on était, c'est tout. C'est bon, on peut rester assises ici.

MIA: Si tu penses que je vais m'asseoir une minute avec... Et puis, tu sais quoi? Ce n'est pas mon problème. Bye !

Elle s'éloigne d'un pas rageur et sort sur le perron. Béatrice se retourne vers Sébastien.

SÉBASTIEN: Elle est folle ! C'est quoi son problème?

BÉATRICE: Je ne sais pas. Mais elle vient juste d'arriver. Je dis tout le temps à Emma qu'il faut lui donner une chance. On va apprendre à la connaître. Elle était super sympa, tout à l'heure. Elle est allée me chercher un café et tout.

SÉBASTIEN : Tant qu'elle est gentille avec toi.

Il lui sourit et lui prend la main.

SÉBASTIEN : Béatrice ! Je suis trop content. Est-ce que ça te tente d'aller marcher dehors ? Il fait super beau.

BÉATRICE : Tellement !

Main dans la main, ils s'éloignent, prenant à peine le temps de saluer Astrid et ses complices.

Dehors, le soleil sur son visage, Béatrice se sent bien, follement bien. Sébastien est là, il l'aime encore, il ne l'a pas mise de côté pour passer du temps avec ses amies, tout va bien. Ils se rendent derrière le collège, près d'un arbre, là où il n'y a presque personne. Quand Sébastien embrasse Béatrice, toutes ses peurs de l'été s'évanouissent.

#6

Emma sort de son cours de chimie, un peu étourdie. Elle sait bien que ça doit être important, les liaisons intermoléculaires et intramoléculaires, mais elle a eu de la difficulté à se concentrer. Il se passe tellement de choses plus importantes dans sa vie que les propriétés d'une molécule !

Au fond d'elle-même, Emma se demande si elle a choisi le bon programme. Au départ, elle s'était inscrite en sciences humaines, avec Béatrice. Béatrice avait été tentée par les arts et lettres, mais elles aimaient l'idée d'être ensemble.

Mais à la dernière minute, Emma avait eu un sursaut d'ambition, s'était écriée: «Et si je voulais être médecin?» et avait décidé de s'inscrire en sciences de la nature, le programme le plus rigoureux et celui qui donne accès à toutes les formations universitaires.

Son père, qui est médecin, avait été ravi, quoique surpris, Emma n'ayant jamais auparavant démontré beaucoup d'intérêt pour sa profession. Emma doit s'avouer que c'est vrai que ça ne l'intéresse pas beaucoup, la médecine; mais quoi qu'il en soit, elle détestait l'idée de se sentir déjà confinée à un choix, et elle préfère persévérer afin de garder toutes les portes ouvertes pour son avenir.

Elle sort son téléphone pour vérifier si Béatrice lui a texté un point de rendez-vous pour manger. Rien. Elle se dit que son amie doit être avec Sébastien. Ça commence déjà !

En entrant dans la grande salle, Emma tombe tout de suite sur Nathan et William, deux garçons de son quartier qu'elle connaît depuis le primaire. Ils ne sont pas allés à la même école au secondaire, Nathan et William étant dans une école pour garçons et Emma dans une école pour filles, mais ils ont continué de se croiser dans les parcs, les cafés et les partys. Emma est heureuse de retrouver deux bons amis avec qui elle est tout de suite à l'aise.

EMMA: Salut, les garçons ! Contente de vous voir. Vous avez l'air d'avoir passé un bel été !

WILLIAM: T'as vu ça où, toi? On n'avait pas internet, dans le bois.

EMMA: C'est Nathan qui a publié plein de photos, hier.

NATHAN (à William): Ben oui, tu iras voir ça. Il y en a des pas mal.

EMMA: C'est où, déjà, votre camp?

NATHAN: Dans le parc Algonquin, en Ontario. Depuis qu'on est moniteurs, c'est vraiment cool.

WILLIAM: J'ai passé vingt-deux jours de suite en canot-camping avec une gang de p'tits culs de douze ans!

NATHAN: Ça, au cas où t'avais pas compris, ça veut dire vingt-deux jours sans prendre sa douche!

EMMA (en riant): Je m'en doutais! Et c'est comment, le retour à la civilisation?

NATHAN: Bruyant! Il y a du monde partout.

WILLIAM (en suivant une jolie fille des yeux): Mais ça a ses avantages...

NATHAN (s'adressant à Emma): Es-tu libre ce soir? Mes parents sont au chalet, alors je fais un party de la rentrée chez moi.

EMMA: C'est sûr que oui. Rosalie ne pourra sûrement pas. Elle m'a texté qu'elle avait la gastro. Imagine, manquer la rentrée à cause d'une gastro!

NATHAN: C'est nul.

EMMA: Je peux emmener Béatrice?

WILLIAM: C'est sûr. Dis-moi, est-ce qu'elle sort encore avec son mec, là?

EMMA: Oh oui! Ils sont fous amoureux.

À ce moment, un troisième garçon qu'Emma ne connaît pas se joint à leur groupe. Elle remarque tout de suite ses cheveux bouclés un peu trop longs, son teint hâlé, son coup de soleil sur le nez et les joues, et sa carrure athlétique.

Nathan et William l'accueillent avec une poignée de main compliquée.

NATHAN (soudain viril): Théo, *man*! Ça va?

THÉO (en regardant autour de lui): C'est pas mal, ici. Il y a des filles mignonnes.

NATHAN: Euh, Théo, je te présente notre amie Emma.

THÉO (en dévisageant Emma): Salut.

Elle le trouve limite impoli, mais mon Dieu qu'il est beau. Nathan et William ont l'air de deux enfants à côté de lui.

EMMA (gênée): Salut.

NATHAN: *Man*, tu viens au party chez nous ce soir?

THÉO: Carrément. Après deux mois dans le bois, ça va faire du bien.

WILLIAM (s'adressant à Emma): On a rencontré Théo au camp.

EMMA: J'avais deviné.

THÉO (s'adressant à Nathan et à William): On s'en va dehors?

Les deux garçons hochent la tête.

EMMA: Il commence à pleuvoir, en passant.

THÉO: Peut-être, mais c'est un peu compliqué de fumer à l'intérieur.

EMMA: Vous fumez, maintenant?

NATHAN: Ah, juste un petit joint, une fois de temps en temps.

En les regardant s'éloigner, Emma s'en veut d'avoir laissé échapper ce commentaire somme toute naïf. Elle sait que le cannabis est en voie d'être légalisé et que ce n'est plus une grosse affaire, mais quand même, voir ses amis en fumer à l'heure du midi, à l'école, la rend mal à l'aise. Elle ne serait pas plus impressionnée s'ils vidaient deux canettes de bière entre leurs cours.

Elle sait que ce n'était pas dans les habitudes de Nathan et William, avant l'été. Elle se demande si c'est le camp qui les a changés, ou si c'est l'influence de ce Théo.

Ce Théo à qui elle ne peut s'empêcher de rêvasser en mangeant son sandwich avant de se rendre à son prochain cours.

#7

Béatrice et Emma se sont envoyé des textos toute la journée, mais elles ne se sont finalement croisées brièvement qu'une fois, dans un corridor, en milieu d'après-midi. Quand elles se retrouvent, à quinze heures trente, pour rentrer ensemble à la maison, ça leur semble surréel d'avoir passé cette première journée sans se voir.

En marchant vers leur appartement, elles se racontent leur journée dans le menu détail, allant de leurs profs et de leurs cours aux retrouvailles avec Sébastien, à la rencontre avec Théo et à la réaction de Mia devant les amies de Sébastien.

BÉATRICE: Je te jure, Emma, j'étais gênée!

EMMA: Elle est donc bien agressive. C'est quoi son problème?

BÉATRICE: Sébastien a dit la même chose.

EMMA: On aurait peut-être dû chercher plus longtemps, finalement.

BÉATRICE: Tu sais bien qu'on n'a pas eu le choix ! Avant que Mia t'écrive sur Facebook, on pensait qu'on allait être forcées d'aller en résidence !

EMMA: C'est vrai.

BÉATRICE: Il faut donc s'arranger pour que ça marche, avec elle. Parce que si elle en a marre et qu'elle part, devine ce qui nous attend?

EMMA (abattue): La résidence...

BÉATRICE: Je sais qu'elle n'est pas parfaite, mais elle peut être gentille, aussi. Je te le dis, quand j'étais toute seule avec elle ce midi dans la grande salle, elle était même sympathique. Faut juste apprendre à mieux la connaître.

EMMA: Je veux bien, mais à petites doses, OK?

En entrant dans l'appartement, elles entendent de la musique qui émane un peu fort de la chambre de Mia. Au même moment, Emma reçoit un texto de sa tante Marie-Pier.

«Vous pourriez baisser le son, les filles? Merci.»

Emma frappe à la porte de Mia. Celle-ci ne répondant pas, elle doit frapper plus fort. Finalement, la porte s'ouvre.

MIA (la tête dans l'embrasure): On peut vous aider?

EMMA: Ma tante voudrait que tu baisses le son.

MIA: Ha ! Ta tante ou toi?

EMMA: Très drôle. C'est vraiment ma tante, regarde, elle vient de me texter.

MIA (en ricanant): Ah, OK, pendant un instant j'ai cru que je dérangeais votre soirée de tricot.

EMMA: N'importe quoi. On va à un party ce soir, si tu veux savoir.

MIA: Un party?

BÉATRICE: Oui, chez un garçon du cégep. Veux-tu venir?

MIA (avant de refermer la porte): OK.

BÉATRICE (criant à travers la porte): On part à vingt heures!

Emma tire Béatrice vers sa chambre.

EMMA: Qu'est-ce qui t'as pris de l'inviter chez Nathan?

BÉATRICE: Ben, on vient de dire qu'on allait passer plus de temps avec elle.

EMMA: Oui, mais je t'avais dit à petites doses! Puis ce n'est pas obligé d'être en public, avec mes amis! Tu l'aurais pas invitée si le party avait été chez les amis de Sébastien.

BÉATRICE: C'est parce qu'elle a déjà eu un conflit avec eux. Puis de toute façon, au party, elle ne restera pas collée à nous, elle va rencontrer d'autres personnes.

EMMA: Elle a intérêt.

BÉATRICE: T'es pas fâchée, j'espère? Je suis sûre qu'on va finir par bien s'entendre avec elle.

EMMA: Non, je ne suis pas fâchée, mais la prochaine fois, consulte-moi avant, OK?

BÉATRICE: Promis. Sinon, qu'est-ce que tu mets ce soir?

EMMA: Mon jean taille haute et mon *crop top* bleu pâle. Toi?

BÉATRICE: J'allais mettre mon jean gris.

EMMA: Je peux te prêter mon top rayé, si tu veux. Ça irait bien avec.

BÉATRICE: Ah oui, il est super beau, merci.

EMMA: J'ai hâte que tu rencontres toute ma gang comme il faut.

BÉATRICE: Moi aussi!

EMMA: Sébastien, qu'est-ce qu'il fait, ce soir?

BÉATRICE: Il a un entraînement de hockey, puis après il prend une bière avec les garçons de son équipe.

EMMA: Me semblait, aussi…

BÉATRICE: Quoi?

EMMA: Que tu avais accepté mon invitation au party de Nathan un peu vite…

BÉATRICE: Ça n'a rien à voir. J'aime passer du temps avec toi et je veux mieux connaître tes amis.

EMMA: Fait que si Sébastien avait été libre ce soir, tu serais venue quand même? Sois honnête.

BÉATRICE: Ben, je ne sais pas. C'est notre première journée ensemble. Mais il faut que tu comprennes, Emma, que Sébastien et moi on est...

EMMA (riant): Fous amoureux! Je sais.

À vingt heures, comme prévu, les filles se mettent en route. Elles ont bu une première bière à la maison avant de partir, pour se mettre dans l'ambiance, et Emma se sent plus relaxe, tout à coup. La présence de Mia la dérange moins, et elle discute avec elle de façon naturelle pour la première fois depuis qu'elle la connaît.

EMMA (s'adressant à Mia): Le party, c'est chez Nathan. J'étais en primaire avec lui, il est vraiment adorable.

MIA: Il est mignon?

EMMA: Nathan? Je ne sais pas, je ne le vois tellement pas comme ça. Il est mignon, Béa?

BÉATRICE: Quand même. Il a une *baby face*. Si t'aimes ce genre-là.

MIA: Pas trop. Je suis plus du genre grand mec bien bâti.

EMMA: Le meilleur ami de Nathan, c'est William. Lui, il est plus grand. Sa mère est chinoise, donc il a les cheveux ultranoirs.

MIA: Ah, tiens. Ça, ça m'intéresse.

EMMA: Va falloir que tu t'armes de patience, parce qu'il est à fond sur Béa.

MIA: Béa? T'as pas un chum, toi?

EMMA: Oui, mais William continue d'espérer.

BÉATRICE: Voyons, t'exagères! Juste parce qu'il est gentil avec moi, ça ne veut pas dire qu'il est intéressé par moi!

EMMA (s'adressant à Mia, en ricanant): Elle est tellement naïve!

BÉATRICE (voulant changer de sujet): Et ton beau mec d'aujourd'hui, là?

MIA: Quel beau mec?

EMMA: Ah, ce n'est rien. Théo. C'est un type que Nathan et William ont rencontré au camp. Il est vraiment ultra beau. Mais je l'ai trouvé un peu arrogant.

BÉATRICE (en riant): Elle fait sa difficile, mais elle rêve de le *frencher** ce soir!

EMMA: Tellement pas!

BÉATRICE: Tellement!

À leur arrivée au party, elles sont accueillies par William, qui leur ouvre la porte. Il s'empresse de tendre une bière à Béatrice. Celle-ci le remercie, mais elle ne s'éternise pas avec lui; elle préfère suivre ses amies vers le salon.

* ***Frencher*** – Rouler un patin, embrasser (avec la langue).

En entrant dans le salon, les trois filles croisent tout de suite Nathan.

NATHAN: Salut, les filles.

EMMA: Salut!

NATHAN (en s'approchant de Mia): La fameuse troisième coloc! Salut! Moi, c'est Nathan.

MIA: Salut. Les filles, je vous rejoins, je vais aller mettre ma bière au frigo.

NATHAN: Attends, je vais y aller avec toi.

MIA: Je pense que je suis capable de me débrouiller toute seule.

Elle quitte le salon en direction de la cuisine.

NATHAN (se retournant vers Emma): Wow! Tu ne m'avais pas dit qu'elle était aussi canon!

EMMA (surprise): Tant que ça? Elle a un joli visage, mais...

NATHAN: T'as pas vu ses seins? Sa taille? Ses fesses? Elle a un corps de la mort!

EMMA: Euh, non, mettons que ce n'est pas le genre de détails que les filles remarquent.

NATHAN: Et mettons que c'est le genre de détails que les garçons remarquent à fond.

Il s'éloigne pour se diriger vers la cuisine. Emma se retourne pour parler à Béatrice, mais celle-ci a été accrochée par William pendant que Nathan et elle se parlaient. Emma décide de faire le tour du party, pour tenter discrètement de voir si Théo est arrivé. Elle a fait sa cool devant les filles tout à l'heure – devant Mia en fait.Elle n'aurait pas été si évasive si elle avait été juste avec Béatrice. Mais la vérité, c'est qu'elle a des papillons dans le ventre à l'idée de voir Théo, ce soir. Elle espère que lui aussi l'a remarquée, aujourd'hui.

Elle fait le tour des pièces, mais ne voit nulle part la grande carrure et les cheveux bouclés et un peu longs de Théo. Elle termine par la cuisine, où Nathan est en grande conversation avec Mia. Elle s'approche, voulant se joindre à eux, mais ils ne semblent pas remarquer sa présence. Elle se dirige donc vers le salon, où William et Béatrice sont toujours en train de discuter. Béatrice lève les yeux vers elle dès qu'elle approche, contente d'avoir une raison de briser son tête-à-tête avec William.

Emma se joint à eux, mais elle sent très bien que William préférerait qu'elle dégage et le laisse seul avec Béatrice. Emma se sent un peu démontée. Elle tente de se remonter le moral en se disant que c'est normal, qu'ils sont tous au cégep pour rencontrer de nouvelles personnes, et que sa soirée à elle pourrait s'améliorer d'un coup si seulement Théo pouvait arriver !

À ce moment, Nathan sort en trombe de la cuisine, muni d'un entonnoir auquel il a attaché un long tuyau. William s'approche de lui, enthousiaste.

WILLIAM (hurlant par-dessus la cohue): Êtes-vous prêts?

Nathan verse une bière dans l'entonnoir, retenant le tuyau vers le haut.

NATHAN: Qui essaie en premier?

Autour de lui, garçons comme filles se regardent, hésitants.

WILLIAM: Allez!

Théo vient d'entrer dans le salon et surprend les derniers échanges.

THÉO: Moi, je veux bien, si personne n'est chaud.

Le cœur d'Emma fond en le voyant. Elle essaie d'accrocher son regard, mais il se dirige vers Nathan et William et ne semble pas l'avoir remarquée. Il tend la main vers le tuyau quand une voix se fait entendre en provenance de la cuisine.

MIA: Les dames d'abord, non?

Mia s'approche d'un pas assuré et enlève l'entonnoir des mains de Théo.

THÉO (moqueur): Toi? Il n'y a pas l'air d'avoir assez de place là-dedans pour une bière au complet.

En effet, Mia, minuscule, arrive à peine aux épaules de Théo, qui est particulièrement grand.

NATHAN (plus gentiment): T'es sûre? Il n'y a jamais eu une fille qui a réussi à vider une bière au complet à l'entonnoir.

MIA: On ne va pas passer la nuit ici à parlementer. *Go!*

Le petit groupe réuni autour d'eux se met à scander: *Go! Go! Go!* Nathan hausse les épaules, l'air de dire: j'ai essayé. Puis il lève l'entonnoir, faisant couler la bière à flots dans le tuyau vers la bouche de Mia, qui se met à déglutir de manière rythmique, sans quitter Théo du regard.

Quand elle termine la bière sans en perdre une goutte, elle lève les bras au ciel en signe de victoire. Le groupe applaudit. Puis, elle laisse tomber le tuyau avec le même panache qu'un chanteur de hip-hop qui laisse tomber son micro, et elle se dirige vers Emma et Béatrice.

EMMA: Mia ! T'es folle ! Tu vas tellement être saoule !

MIA: Bah, juste une, il y a rien là. On en faisait tout le temps, avec ma gang du secondaire. Vous avez jamais essayé?

BÉATRICE: Jamais de la vie ! Pas envie d'être malade.

MIA: De toute façon, fallait bien que je montre à cette gang de mecs là qu'une fille peut être aussi cool qu'eux.

EMMA: Les filles ne métabolisent pas l'alcool aussi vite que les garçons, tu sais.

MIA: Bon, ça va, l'étudiante en sciences de la santé, t'es pas encore médecin, donc lâche-moi un peu, ok?

NATHAN (en s'approchant d'elles): *High five!* C'était trop cool, Mia, je n'ai jamais vu une fille faire ça!

MIA: Il n'y a vraiment pas de quoi. Je ne vois pas pourquoi vous en faites une si grosse affaire.

Emma ne les écoute plus, elle a remarqué que Théo jetait des coups d'œil en direction de leur groupe et elle cherche une façon subtile de l'approcher. Elle n'ose pas aller le voir directement, jugeant que ce serait à lui de le faire; mais si elle peut s'arranger pour le croiser, l'air de rien...

Elle chuchote à Béatrice qu'elle va aux toilettes, puis elle se dirige vers le fond du salon, où se trouve Théo, pile devant le couloir qui mène à la salle de bains. En passant devant lui, elle lui fait un petit sourire. Il hoche la tête, mais il la laisse passer sans rien dire. Dépitée, Emma entre dans la salle de bains, où elle s'applique du rouge à lèvres et replace ses cheveux. Elle se dit que Théo était peut-être juste gêné; peut-être l'attend-il et sera-t-il prêt à lui parler lorsqu'elle ressortira. Elle ajuste sa chemise, prend une inspiration et ouvre la porte. Personne. Le couloir est vide. Le salon aussi.

Emma entend des bruits de voix venant de la cuisine. Elle y trouve Béatrice, Nathan et le reste du groupe en train de rire, de raconter des histoires et de boire de la bière. Elle se glisse parmi eux. Elle regarde discrètement autour d'elle : pas de Théo.

Les minutes passent, et elles semblent éternelles à Emma.

N'en pouvant plus, elle décide de poser la question à Nathan, au risque d'avoir l'air folle ou de dévoiler son jeu.

EMMA (l'air faussement désinvolte) : Hé, Nathan, t'as vu il est passé où, Théo ? J'avais quelque chose à lui demander.

Elle remarque l'air amusé que lui lance Béatrice, pas dupe du stratagème de son amie.

NATHAN : Je ne sais pas. Peut-être qu'il est allé dehors fumer ?

Emma s'apprête à aller voir dehors, au diable son orgueil et les petits tours qu'elle a l'habitude de jouer – elle va devenir folle si elle ne parle pas à Théo, – quand elle est interrompue par un grand éclat de rire de William, qui entre dans la pièce et invite ses amis à se rassembler autour de lui.

WILLIAM : Ha ! Ha ! Je le savais ! Nathan, tu me dois cinq piasses*, *man* ! Le premier *french* avant vingt et une heures !

Il tourne son téléphone pour que tous puissent voir. Sorti fumer dehors, il a filmé à leur insu un garçon et une fille en train de s'embrasser.

Avant que la vidéo se termine, Emma a le temps d'apercevoir le grand dos et le pull bleu de Théo. On voit à peine le

* **Piasse** – Dollar canadien.

visage de la fille lorsqu'elle se retourne avant de continuer à l'embrasser.

BÉATRICE: C'est qui, la fille?

NATHAN (dépité): C'est Mia.

Tout le monde rigole et les blagues fusent, mais Béatrice voit dans les yeux d'Emma que celle-ci est sur le point de pleurer. Elle entraîne tout de suite son amie aux toilettes.

En effet, dès que la porte de la salle de bains se referme sur elle, Emma éclate en sanglots. Béatrice la serre dans ses bras, sans parler. Ça prend de longues minutes avant que les pleurs d'Emma se calment.

EMMA: Pourquoi elle?

BÉATRICE: Je ne sais pas.

EMMA: La trouves-tu si belle que ça, toi?

BÉATRICE (loyale): Beaucoup moins que toi.

EMMA: Théo doit faire trente centimètres de plus qu'elle. Ils ne vont vraiment pas bien ensemble.

BÉATRICE: Je sais.

EMMA: De toute façon, je m'en fous de ce mec-là.

BÉATRICE: Ben...

EMMA: Je ne sais pas ce qui me prend. Ça doit être la bière qui m'est montée à la tête.

BÉATRICE: C'est normal que t'aies de la peine, Emma, si tu flashais dessus.

EMMA: Je n'ai pas flashé dessus ! Je trouve juste que Mia n'a aucun respect, c'est tout ! Je n'ai pas de la peine, je suis fâchée !

BÉATRICE: Je te comprends. Penses-tu que tu es assez bien pour retourner au party? Les autres vont se demander où on est passées.

Emma prend une grande inspiration. Elle saisit un morceau de papier hygiénique qu'elle mouille un peu avant de l'utiliser pour essuyer les traces de mascara sous ses yeux. Elle sourit bravement à Béatrice et retourne avec elle vers le salon.

Tout le reste de la soirée, Emma est en pilote automatique. Elle parle, elle rit, elle boit sa bière, elle danse même, quand Béatrice, un peu saoule, exige d'entendre une vieille chanson de One Direction qu'elles aimaient toutes les deux à douze ans. Lors d'un de leurs nombreux week-ends chez Béatrice, dans les Cantons-de-l'Est, elles avaient découvert que, comme des milliers voire des millions d'autres filles de leur âge, elles avaient déconné sur *What Makes You Beautiful* en secondaire un et qu'à l'époque, elles avaient chacune créé une chorégraphie pour danser au son de cette chanson. Sans rien de très excitant à faire lors des longs week-ends à la campagne, elles avaient mis à jour leurs chorégraphies respectives, pour les intégrer en une seule, ce qui donne toujours lieu à une performance très populaire lors des partys.

Ce soir encore, elles dansent toutes les deux comme des folles dans le salon. L'espace d'un instant, Emma oublie sa déception, parce qu'après tout, il n'y a rien qui défoule comme de déconner avec sa meilleure amie au son d'une chanson ringarde. Mais quand, du coin de l'œil, elle aperçoit Théo et Mia enlacés dans un coin, elle ressent un pincement qui est plus fort qu'elle l'aurait souhaité.

Vers minuit, Béatrice vient la trouver pour lui demander si elle est prête à partir.

EMMA: Déjà?

BÉATRICE: Allez, les garçons sont vraiment saouls. Ce n'est plus aussi cool. Je commence à être un peu fatiguée de me faire renverser de la bière dessus et William ne me lâche pas. Il commence à être un peu lourd.

EMMA: Ouais, il va être gêné demain.

BÉATRICE: Alors on y va?

EMMA: Tu t'es amusée, quand même?

BÉATRICE: Je suis super contente d'avoir passé la soirée avec toi.

EMMA: Et mes amis?

BÉATRICE: Ils sont sympas.

EMMA: Mais…

BÉATRICE: Je ne sais pas. Je les trouve un peu immatures.

EMMA: Immatures comparés à Sébastien et à sa gang, c'est ça?

BÉATRICE: Emma… On ne va pas se disputer ce soir, en plus.

EMMA: Je sais, ce n'est pas ça, c'est juste que…

BÉATRICE: Viens, on s'en va. On parlera de tout ça en rentrant.

Les filles se dirigent vers la porte lorsque Mia s'approche.

MIA: Vous vous en allez, les filles? Attendez que je prenne ma veste, je vais rentrer avec vous.

EMMA: Tu te moques de moi?

BÉATRICE: Pas ici, Emma. Allons dehors.

La nuit est douce. Emma, qui a quand même bu pas mal de bière, se dirige à pas décidés en direction de l'appartement, sans attendre les deux autres. Béatrice jette un regard de reproche à Mia avant de suivre Emma.

Mia, estomaquée, les regarde s'éloigner.

MIA (en criant): Les filles! Attendez! Qu'est-ce que j'ai fait?

Elle s'élance au pas de course et les rejoint sans peine. Elle est en Converse, alors qu'Emma et Béatrice sont perchées sur des sandales à semelle compensée.

MIA: C'est quoi l'affaire, les filles?

EMMA: Si t'as besoin de le demander, c'est que t'as vraiment un problème, Mia Gendron.

Emma continue d'avancer sans la regarder.

MIA: Ne me dis pas que c'est à cause de ton mec, là?

EMMA: Oui, justement, MON mec. Qu'est-ce qui t'a pris, voyons? Tu le savais que j'étais intéressée!

MIA: T'as dit que tu le trouvais trop arrogant!

EMMA: Ce n'est pas une raison. Tu savais que je l'avais trouvé beau, t'aurais jamais dû l'approcher.

MIA: Ben, il se trouve que c'est lui qui m'a approchée.

EMMA: Même affaire! T'aurais juste dû dire non. T'as jamais eu d'amies filles ou quoi?

MIA: De un, je ne savais pas qu'on était amies; de deux, oui, mais mes amies filles sont bien moins *drama queen* que toi. Mon Dieu! Tout ça pour un mec même pas si mignon! Passe à autre chose!

Mia accélère le pas vers l'appartement.

Emma regarde Béatrice, qui roule les yeux au ciel. Elles ne disent pas grand-chose en rentrant. Quand elles arrivent, la porte de la chambre de Mia est fermée et sa lumière est éteinte. Sans se concerter, Béatrice et Emma se dirigent toutes les deux vers la chambre d'Emma et se couchent ensemble dans son grand lit. Emma reste longtemps éveillée, les yeux ouverts dans le noir.

#8

Le lendemain matin, quand Emma se réveille, les images de la veille lui reviennent tout de suite en tête. Elle n'a même pas ouvert les yeux qu'elle revoit Théo et Mia enlacés dans un coin, en train de *frencher* langoureusement. Ils ont bien dû s'embrasser dans toutes les pièces du party. Dans la cuisine, dans le salon, dans le corridor, où qu'Emma aille, elle les avait sous les yeux.

Elle a fait de son mieux, quand même, pour avoir l'air nonchalante, l'air de celle qui s'en fout, qui remarque à peine. Devant Théo, du moins. Devant Mia, elle a laissé exploser sa colère et elle s'en veut un peu. Ne serait-ce que par orgueil. Elle ne veut pas donner à Mia le plaisir de savoir à quel point elle l'a blessée.

Emma s'étire, déterminée à trouver une façon de sauver la face devant sa coloc. Elle a la bouche pâteuse et se rend compte qu'elle a quand même bu pas mal, la veille. C'est peut-être ce qui explique sa montée d'émotion devant Mia. Ark. Elle n'en peut plus de ce goût dégueu, mais n'est pas encore prête à affronter le trajet jusqu'à la salle de bains. Elle se retourne et aperçoit un grand verre d'eau sur sa table de chevet. C'est Béatrice qui a dû le poser là avant de partir.

Emma avale le verre en trois gorgées, se disant que Béatrice est vraiment la meilleure amie du monde. Elle a dormi avec elle toute la nuit, l'a écoutée pleurer, n'a rien dit, s'est contentée d'être là. Un de ses longs cheveux blonds traîne encore sur l'oreiller. Emma le prend du bout des doigts et le jette par terre en souriant. Elle se dit que la présence de Béatrice rend tout supportable, même une coloc pseudo-cool qui se croit mieux que tout le monde.

Et, en plus, Nathan qui trouve Mia super canon ! Emma n'en croyait pas ses oreilles. Des fois, elle ne comprend vraiment pas les critères de beauté des garçons.

Elle doit s'avouer qu'elle trouve la transition vers le cégep un peu plus ardue que prévu. Elle est habituée à se tenir avec la même gang de son quartier depuis toujours: les mêmes amis en primaire, les mêmes amis en secondaire.

Mais là, d'un coup, la donne a changé. De nouveaux garçons (coucou, Théo), de nouvelles filles, une nouvelle réalité où, tout à coup, Emma n'est peut-être plus systématiquement au centre de son petit groupe. Elle n'est peut-être plus la fille la plus mignonne de sa gang. Pas qu'elle soit vaniteuse, mais elle est habituée à ce que les garçons l'admirent, recherchent sa compagnie, l'invitent à leurs soirées, veuillent passer du temps avec elle. Hier soir, elle s'est sentie ignorée. Pire, invisible. Comme la pizza desséchée de la veille, alors qu'il y en a une nouvelle toute fraîche à déguster.

Elle sort son téléphone pour vérifier son horaire de la journée. Elle n'a pas de cours avant onze heures. Elle sait qu'elle devrait ouvrir son livre de chimie (surtout qu'elle n'a à peu près rien compris à son premier cours), mais elle n'en a pas la force. Elle rêve de prendre une douche et d'éliminer l'odeur de fond de tonneau de bière qui colle à ses cheveux, mais elle a peur de croiser Mia avant d'avoir établi son plan d'attaque.

Elle commence par envoyer un texto à Béatrice pour lui demander si elle sait si Mia a quitté l'appart. Quand Béatrice lui confirme que oui, qu'elles ont quitté les lieux ensemble tôt le matin, Emma se traîne jusqu'à la douche et reste longtemps sous le jet chaud. Elle se lave les cheveux deux fois et applique du démêlant. Elle aimerait pouvoir se démêler les pensées aussi facilement. Pourquoi est-ce que Mia l'énerve autant? Elle ne lui avait rien fait de mal, avant hier soir, et pourtant, depuis leur première rencontre, il y a quelque chose qui l'agace chez elle.

Elle se sèche les cheveux et s'habille avant de se diriger vers le cégep. Elle espère y croiser Béatrice, ou une autre de ses amies, afin de parler de tout ça et d'essayer de comprendre ce qui ne va pas. Emma a l'habitude de bien s'entendre avec tout le monde, et ça lui pèse que sa relation avec sa coloc soit aussi tendue. Elle essaie de se dire que Mia est comme ça avec tout le monde, mais elle semble mieux s'entendre avec Béatrice. Il faut dire que Béatrice déteste les conflits et ferait tout pour les éviter. Ça doit plaire à Mia, qui peut ainsi faire la loi et imposer ses points de vue sans opposition.

Quand même, se dit Emma, ce n'est pas correct, ce que Mia a fait hier soir.

Elle marche d'un pas déterminé vers le cégep, pressée de trouver une amie avec qui analyser tout ça.

#9

Le mercredi est officiellement la plus belle journée de la semaine. La plus belle journée de tous les temps ! Le mercredi, les cours de Béatrice se terminent à treize heures trente. Et le destin, qui normalement lui met des bâtons dans les roues, lui a cette fois-ci fait le plus beau des cadeaux, en s'arrangeant avec le responsable des horaires pour que les cours de Sébastien se terminent aussi à treize heures trente le mercredi.

Comble de bonheur, elle a vérifié l'horaire en ligne de ses deux colocs, et elles terminent toutes les deux à seize heures. Cela veut donc dire un minimum de deux heures trente d'intimité, de temps juste à eux, tout seuls. Béatrice n'en peut plus, tellement elle est contente.

À treize heures trente et une pile, elle l'attend dans la grande salle, comme convenu, près de la porte menant au perron. Impatiente, elle scrute tous les visages, cherchant les cheveux noirs et le grand front de Sébastien, qu'elle est sûre d'apercevoir au-dessus de la foule, tant il est grand. Enfin, elle le voit, et elle s'élance vers lui, si pressée de le serrer dans ses bras qu'elle ne remarque pas d'abord la présence de son meilleur ami, Thomas, à ses côtés.

BÉATRICE (un peu gênée): Salut, Thomas.

THOMAS: Salut. (Puis, s'adressant à Sébastien:) Donc voilà, mon vieux, l'horaire a l'air intensif pour l'équipe de hockey cette année.

SÉBASTIEN (mettant son bras autour des épaules de Béatrice): Je trouve moi aussi. Surtout que cette année, j'avais envie d'essayer autre chose.

THOMAS: Autre chose? Comme quoi? Du basket?

SÉBASTIEN: Ben non, autre chose complètement, je veux dire! Genre, je ne sais pas, moi, de la musique, du théâtre...

THOMAS (en s'esclaffant): Du théâtre? Toi?

SÉBASTIEN: Pourquoi pas?

Béatrice voit bien que son chum est offusqué. Mais ce qu'elle voit surtout, c'est que le temps passe et, pour elle, chaque minute compte. Elle tente de faire un petit signe discret de la tête à Sébastien, mais celui-ci est trop pris par sa conversation avec Thomas.

THOMAS: T'auras jamais le temps, voyons! T'es capitaine de l'équipe.

SÉBASTIEN: Je ne sortirai certainement pas du cégep en n'ayant rien fait d'autre que du sport. Je vais trouver le temps. Qu'est-ce que t'en penses, Béatrice?

Béatrice n'a pas le choix d'être un peu moins subtile.

BÉATRICE: Parlant de temps, là, il est déjà moins vingt et...

THOMAS (en éclatant de rire): J'ai compris le message! Bonne fin de journée, les amoureux!

Il fait un clin d'œil évocateur à Sébastien et se dirige vers le café. Béatrice rit elle aussi, gênée, et suit Sébastien qui l'entraîne vers le perron. Alors qu'ils traversent la pelouse, Sébastien se fait héler par de nombreux étudiants qui veulent lui parler. Un garçon lui pose des questions sur le processus de sélection des joueurs dans l'équipe de hockey; un autre lui demande s'il ira au party chez Gabriella ce samedi; une étudiante veut savoir s'il compte se présenter au conseil étudiant.

Sébastien leur répond poliment, patiemment. Béatrice, elle, tient sa main fermement, un sourire figé sur les lèvres. À l'intérieur d'elle, elle se sent piaffer comme un cheval de course qu'on empêche de courir. Enfin, ils se dirigent tous les deux vers le boulevard Côte-des-Neiges.

BÉATRICE: Wow, va falloir que j'ajuste mon horaire. Je ne savais pas que t'étais aussi populaire. Pas facile de te sortir du cégep!

SÉBASTIEN (taquin): Ah, parce que t'as un horaire?

BÉATRICE (en rougissant): C'est sûr! On a deux heures trente à nous tout seuls et je tiens à chaque minute.

L'année précédente, Béatrice était en secondaire 5 et Sébastien, en première année de cégep; elle était pensionnaire, lui vivait chez ses parents. Leurs moments d'intimité étaient comptés. Ils avaient fait l'amour trois fois. Chaque fois, Béatrice avait trouvé cela touchant, tendre, un peu maladroit et tout de même extraordinaire. Mais leurs premiers essais s'étaient déroulés dans des circonstances, disons-le, moins qu'idéales. La chambre d'amis dans un party, alors que Thomas frappait à la porte et cherchait Sébastien; l'arrière de la voiture des parents de Sébastien; et une fois un peu plus savoureuse où les parents de Sébastien étaient en dehors de la ville et que Béatrice avait imité la signature de sa mère pour sortir du pensionnat deux heures avant le départ de l'autobus qui la ramenait à la campagne les week-ends.

En règle générale, ils s'étaient contentés de s'embrasser, de se toucher par-dessus leurs vêtements, et d'échanger des messages pendant des heures sur Messenger (Béatrice avait pris soin de créer un deuxième compte Facebook dont sa mère ignorait l'existence et, surtout, le mot de passe).

Voilà qu'avec Béatrice en appartement et leur horaire allégé de cégépiens, tout allait changer. Béatrice a tellement hâte, mais elle est nerveuse aussi. Les deux premières fois, celle de la chambre d'amis et celle de la voiture, elle était un peu saoule ; la troisième fois, celle de la fausse signature, elle était complètement à jeun, mais il y avait l'élément de dissimulation, le temps qui leur était compté, pour les distraire tous les deux de ce qui n'était pas l'essentiel.

Là, en plein après-midi, avec beaucoup de temps devant eux, elle se demande tout à coup si Sébastien la trouvera toujours aussi belle, si elle n'a pas grossi pendant l'été, si elle n'a pas de boutons sur la nuque. Si sa technique fera l'affaire, surtout. Dans ses messages, cet été, il lui a parlé de plein de choses qu'elle n'a encore jamais essayées, mais que lui semble connaître.

Et s'il la compare à d'autres, aux deux filles avec qui il a couché avant elle, et qu'il la trouve nulle?

Sébastien semble sentir sa nervosité et il la serre plus fort contre lui. Ils marchent ainsi tous les deux, collés, s'accrochant presque dans les jambes l'un de l'autre, jusqu'à la rue Lacombe, où ils s'arrêtent devant l'immeuble de pierre.

SÉBASTIEN: Wow, c'est ici? Je m'imaginais un petit appart miteux.

BÉATRICE: Je t'avais dit que c'était grand!

SÉBASTIEN: Grand oui, mais j'imaginais quand même un immeuble moche. C'est aussi beau que chez mes parents!

BÉATRICE: On est chanceuses. La tante d'Emma est bien installée.

SÉBASTIEN: Elle habite en haut, c'est ça?

BÉATRICE (rassurante): Oui, mais la porte entre nos deux logements est verrouillée. Elle sonne si elle veut venir nous voir.

Ils entrent tous les deux. Béatrice, gênée, lui fait faire le tour du propriétaire. Elle lui montre le salon, la chambre d'Emma et la cuisine. Là, elle lui offre quelque chose à boire, se sentant comme une adulte qui reçoit un prétendant à la maison. Le silence qui règne dans l'appartement est oppressant tout à coup, et elle sent que cette situation inconfortable l'éloigne de Sébastien au lieu de les rapprocher.

Vite, elle veut changer l'atmosphère, alors n'attendant pas sa réponse, elle le prend par la main et l'entraîne vers sa chambre. Sébastien sourit: il ne demandait clairement pas mieux.

BÉATRICE (en entrant dans la pièce): Veux-tu mettre de la musique?

Sébastien sort son téléphone, qu'il prend le temps de connecter au petit haut-parleur Bluetooth que Béatrice a posé sur son bureau. Une voix rauque en émane.

SÉBASTIEN: C'est Nirvana *Unplugged.* J'adore vraiment ce morceau en ce moment.

BÉATRICE: Wow, sa voix est excellente.

C'est une des choses qu'ils partagent, cet amour de la musique, surtout celle d'un autre temps, loin des succès trop vitaminés des Justin Bieber et Selena Gomez de ce monde.

Sébastien regarde autour de lui. Il soulève doucement la guitare de Béatrice.

SÉBASTIEN: J'aimerais t'entendre jouer.

BÉATRICE (assise sur le lit): Quand tu veux.

SÉBASTIEN (pointant le chevalet du doigt): Est-ce que tu peins, en ce moment?

BÉATRICE: Avec le déménagement et la rentrée, je n'ai pas encore eu le temps de m'y remettre, mais j'ai hâte.

SÉBASTIEN: Qu'est-ce que t'as envie de peindre?

BÉATRICE (réfléchissant un moment): J'aurais envie de dire toi, mais ce n'est pas ça. J'aurais envie de peindre la façon dont je me sens quand je suis avec toi. Je peindrais un champ plein de fleurs sauvages, à la campagne, avec des abeilles qui bourdonnent et des papillons.

SÉBASTIEN: Tu te sens comme dans un champ avec moi?

BÉATRICE (riant): Ben non, ce n'est pas ça! Je me sens en paix. Pour moi, la paix, c'est un champ d'été tranquille.

SÉBASTIEN: J'aime ça, que tu te sentes en paix.

Ils s'allongent sur le lit tous les deux, par-dessus les couvertures, et ils se regardent, yeux dans les yeux, sans rien dire, en écoutant la complainte de Kurt Cobain. Béatrice pourrait passer des heures à fixer le visage de Sébastien, à étudier ses yeux, ses joues, son nez. Des heures encore à s'approcher de son cou, à sentir son odeur, à le renifler comme un animal qui cherche sa mère.

Depuis qu'ils sont seuls, tous les deux, dans sa chambre, les craintes de Béatrice se sont envolées. Elle se sent profondément calme, à sa place, dans les bras du garçon qu'elle aime, et qui l'aime tout aussi fort. Ils se déshabillent lentement, prenant le temps de s'embrasser pendant de longues minutes après chaque morceau de vêtement qui tombe. Béatrice aime tout de Sébastien, le grain de sa peau, ses longues jambes, ses épaules fortes. Il la regarde dans les yeux.

SÉBASTIEN: J'aime tes cheveux. Ils sont comme des rayons de soleil.

BÉATRICE: J'aime tes yeux. Ils sont tellement noirs que je n'arrive pas à voir dedans.

SÉBASTIEN: Je t'aime au complet, Béatrice.

Plus tard, Sébastien se lève pour envelopper le condom dans un mouchoir en papier et le jeter dans la corbeille sous le bureau. Béatrice reste couchée, alanguie, en l'observant. Elle se sent tellement femme, tout à coup, tellement adulte ! Avec son amant, en plein après-midi, au lit.

Sébastien se jette sur le lit et la fait rebondir. Elle rit tandis qu'il la couvre de bisous qui la chatouillent. Ils restent couchés un moment, enlacés.

SÉBASTIEN (en chuchotant): J'aime ta voix.

BÉATRICE (en chuchotant aussi): Ma voix?

SÉBASTIEN: Ta voix quand tu chantes du Nirvana.

BÉATRICE: Quand est-ce que tu m'as entendue chanter du Nirvana?

SÉBASTIEN: Là, il y a cinq secondes.

BÉATRICE: Je chantais, moi?

SÉBASTIEN: Tu chantes tout le temps! J'adore ça. T'es comme mon petit oiseau de bonheur.

Béatrice chantonne doucement jusqu'à ce que Sébastien s'endorme, et elle aussi, quelques instants plus tard.

Le bruit d'une porte qui claque réveille Béatrice. Elle s'étire et embrasse Sébastien sur la joue. Il marmonne quelque chose d'indistinct. C'est la première fois qu'elle a la chance de le regarder dormir. Elle le trouve différent, comme s'il s'agissait d'une nouvelle personne. Même les contours de son visage semblent nouveaux, détendus par le sommeil. Il lui semble encore plus beau, si une telle chose est possible. Plus attendrissant, en tous cas.

Elle observe sa lèvre inférieure qui bouge légèrement, sa poitrine qui monte et descend lentement à chaque respiration. Elle voudrait fixer ce moment dans sa mémoire pour toujours.

Un bruit de pas rageurs la distrait de cet instant magique. Encore Mia qui n'a pas retiré ses bottes dans l'entrée ! Malgré la chaleur de cette fin d'août, Mia porte des grosses bottes d'armée noires avec ses robes et ses shorts. Emma lui a demandé deux cents fois au moins de les retirer en arrivant à la maison. Des fois, Béatrice a l'impression que Mia fait exprès de contrarier Emma.

Quelques instants plus tard, la porte d'entrée s'ouvre et se referme de nouveau.

EMMA (criant depuis l'entrée): Béatrice ! Es-tu là?

Béatrice grogne tout bas. Elle aurait voulu attendre tranquillement que Sébastien se réveille, et qu'ils s'embrassent encore. Mais elle connaît ce ton de voix déterminé de son amie et sait que si elle ne se lève pas, Emma va ouvrir grand la porte de sa chambre sans frapper. Il faudrait vraiment qu'elle fasse installer une serrure.

Elle se lève en vitesse, enfile son short en jean et sa chemise, et sort de sa chambre à pas de loup, en refermant doucement la porte derrière elle.

EMMA (sa voix semblant trop forte aux oreilles de Béatrice): Ah, t'es là ! Ça fait deux heures que j'essaie de te joindre ! T'as perdu ton téléphone ou quoi ?

BÉATRICE: Ah non, il devait être en mode silencieux.

EMMA: T'étudiais ?

BÉATRICE: Euh, non, j'étais avec Sébastien.

EMMA: Ah…

BÉATRICE: Ça veut dire quoi, ça, ah… ?

EMMA: Rien, rien.

BÉATRICE: Crache le morceau, Emma !

EMMA: Rien, c'est juste que je trouve ça un peu dommage de ne pas pouvoir te parler quand je traverse une crise majeure, parce que t'es trop occupée avec ton chum !

BÉATRICE: Ta dispute avec Mia ?

EMMA: Chut ! Est-ce qu'elle est rentrée ?

BÉATRICE : Oui, juste avant toi. Elle est dans sa chambre.

EMMA: OK. Suis-moi, faut que je te parle.

Béatrice la suit à regret vers sa chambre, lançant un dernier coup d'œil à la porte derrière laquelle Sébastien dort paisiblement.

#10

Emma referme soigneusement la porte de sa chambre.

EMMA: J'en ai parlé avec Rosalie aujourd'hui, et elle aussi, elle trouve que ça ne se fait vraiment pas.

BÉATRICE: Pourquoi elle n'était pas au party hier soir, Rosalie?

EMMA: Elle avait la gastro. Quoi qu'il en soit, je lui ai raconté tout ce qui est arrivé et elle est d'accord avec moi.

BÉATRICE: D'accord sur quoi, exactement?

EMMA: D'accord que Mia a complètement brisé les règles de l'amitié entre filles et qu'on ne peut pas être amies avec elle.

BÉATRICE: Il me semblait que tu t'en foutais, de Théo?

EMMA: Ce n'est pas ça la question. Le problème, c'est qu'elle a démontré son manque de solidarité féminine. Après ça, on ne saura jamais si on peut lui faire confiance.

BÉATRICE: Ben…

EMMA: Je ne te demande pas de l'envoyer promener, je te demande juste de ne pas devenir amie avec elle.

BÉATRICE: Emma, tu t'inquiètes pour rien! C'est toi ma meilleure amie, et ça ne changera jamais, OK?

EMMA: OK…

BÉATRICE: Maintenant, si ça ne te dérange pas, je vais retourner voir Sébastien.

EMMA (surprise): Quoi? Il est encore ici?

BÉATRICE: Il dormait quand t'es arrivée.

EMMA: Et? L'avez-vous fait?

BÉATRICE (en rougissant): Ben, oui.

EMMA: C'était comment?

BÉATRICE: Vraiment, vraiment bien.

EMMA: Comme les autres fois?

BÉATRICE: Mieux. On a pu prendre notre temps. Mais j'aimerais le rejoindre. On en reparle tout à l'heure, OK?

Quand Béatrice retourne dans sa chambre, Sébastien termine de s'habiller. Elle s'approche de lui et l'embrasse sur les lèvres.

SÉBASTIEN: T'étais où?

BÉATRICE: C'est Emma qui avait une petite crise à gérer.

SÉBASTIEN: Dis-moi, tu fais quoi, samedi soir?

BÉATRICE: Je ne sais pas, pourquoi?

SÉBASTIEN: Astrid et la gang organisent un dîner. Les parents d'Astrid sont en voyage. Ça te tente?

BÉATRICE: Oui!

SÉBASTIEN: Et c'est mon premier match, samedi après-midi. Tu vas être là?

BÉATRICE: Voyons, c'est sûr que oui!

À ce moment, le téléphone de Béatrice sonne.

BÉATRICE (un peu affolée): C'est ma mère!

Sébastien fait semblant de zipper ses lèvres pour indiquer qu'il ne révélera pas sa présence. Soulagée, Béatrice répond.

BÉATRICE: Allo, maman!

SA MÈRE: Allo, Béatrice! Ça va bien?

BÉATRICE: Oui, et toi?

SA MÈRE: Qu'est-ce que tu faisais?

BÉATRICE: Ah, j'étudiais.

SA MÈRE: Ça se passe bien?

BÉATRICE: Oui, maman, ça se passe bien.

SA MÈRE: Bon. Je voulais savoir si tu avais encore besoin d'aide pour défaire tes valises et tes cartons. Je pourrais venir samedi.

Béatrice regarde autour d'elle. Sa chambre est immaculée et chaque chose est à sa place.

BÉATRICE: Non, c'est bon. Emma m'a aidée.

SA MÈRE: Bon, tant mieux! Ce sera beaucoup plus agréable d'être à la campagne. Tu prends l'autobus de dix-huit heures vendredi soir?

BÉATRICE: Ben, maman, c'est que...

SA MÈRE: Quoi?

BÉATRICE: Je pensais rester ici ce week-end.

SA MÈRE: Mais voyons! Pourquoi donc?

BÉATRICE: C'est que j'ai des choses à faire, et...

SA MÈRE: Ce n'était pas ça notre entente, Béatrice, et tu le sais très bien. L'appartement, c'est pour aller à l'école.

BÉATRICE: C'est que j'ai un travail de groupe à faire...

SA MÈRE: Ah? Ça, c'est différent. Pour quel cours?

BÉATRICE: Euh, pour mon cours d'Initiation à l'économie globale.

SA MÈRE: Tu es en équipe avec qui?

BÉATRICE: Des étudiants que tu ne connais pas.

SA MÈRE: C'est quoi leurs noms?

BÉATRICE: Ben, il y a Astrid, Raphaëlle et Justine.

Béatrice se dit qu'elle ne ment pas entièrement puisqu'elle passera réellement une partie de son samedi avec Astrid, Raphaëlle et Justine. Ça l'étonnerait que la conversation porte sur l'économie globale, par contre.

SA MÈRE: Bon, OK, mais le week-end prochain, tu viens ici sans faute, OK?

BÉATRICE: Bien sûr, maman. Bonne fin de journée!

SA MÈRE: Bye, ma puce. Je t'aime.

Béatrice raccroche, soulagée. Elle se demande comment elle réussira à gérer les demandes de sa mère, qui ne se fera pas avoir tous les week-ends avec des histoires de travaux de groupe. Il faudra bien que Béatrice s'oblige à retourner à la maison assez souvent pour la rassurer. Mais elle trouve ça difficile de s'imaginer manquer un seul week-end avec Sébastien et avec ses amies, ou ne pas être là pour encourager son chum lors de ses parties de hockey. Elle a presque dix-huit ans! C'est normal qu'elle veuille vivre sa vie. Elle se dit qu'après quelques semaines, elle pourra peut-être aborder le sujet avec sa mère.

SÉBASTIEN: Il faut que je me sauve, j'ai un entraînement de hockey et j'ai dit à ma mère que je passerais manger une bouchée avant.

BÉATRICE: Bon entraînement, mon amour. Je t'aime.

SÉBASTIEN (en l'embrassant): Moi aussi.

#11

Quand elle entre dans la grande salle, Emma est immédiatement interpellée par une affiche colorée qui trône sur le mur du fond: «Recherché: comité organisateur pour le défilé de mode!»

EMMA: T'as vu ça, Béa?

BÉATRICE: Quoi?

EMMA: L'affiche, là. Le défilé de mode. Ça te tente?

BÉATRICE: Ben, je ne sais pas. Toi?

EMMA: C'est sûr que oui! Un défilé de mode, ça serait tellement cool! Pouvoir choisir la musique, les chorégraphies, les vêtements, organiser la soirée!

BÉATRICE: Je ne sais pas si c'est mon style.

EMMA: Voyons donc, t'es super artistique!

BÉATRICE: Oui, peut-être, mais je suis pas super organisatrice. Ça ne me tente pas d'être responsable.

EMMA: Moi, ça me tente.

BÉATRICE: Ben, essaie!

EMMA: T'es sûûûre que tu ne veux pas essayer avec moi? Ça ne me tente pas d'y aller toute seule.

BÉATRICE: Ben...

Emma sent que son amie commence à flancher.

EMMA: Allez! Ça va être super cool! On va faire ça ensemble!

Elles sont interrompues par Sébastien qui se joint à elles et embrasse Béatrice.

SÉBASTIEN: Salut les filles, ça va?

EMMA: Très bien. Béatrice et moi, on s'apprête à poser notre candidature pour organiser le défilé de mode.

SÉBASTIEN: Ah oui? Moi, je suis en train de réfléchir à passer les auditions pour la pièce de théâtre.

Il indique du doigt une affiche sur le mur opposé.

BÉATRICE: Une pièce de théâtre! Ça serait mon rêve!

SÉBASTIEN: Pourquoi on ne passe pas les auditions ensemble, alors?

BÉATRICE (inquiète): On ne serait pas trop ringards, le chum et la blonde* qui font tout ensemble?

SÉBASTIEN: On s'en fout de ce que les autres pensent. Déjà que la gang de hockey va rire de moi...

EMMA: Mais, Béatrice, le défilé de mode?

---

* **Blonde** – Petite amie, amoureuse.

BÉATRICE: Ben, je t'ai dit que ça ne me tentait pas tant que ça...

EMMA: Allez, j'aimerais ça qu'on fasse quelque chose ensemble!

BÉATRICE: Je le sais, mais...

SÉBASTIEN (mal à l'aise): Euh, je vous laisse parler de ça, les filles. Mon cours de maths commence dans trois minutes.

Béatrice embrasse son chum, puis se retourne vers Emma, l'air un peu trop innocente au goût de cette dernière.

EMMA: Tu ne vas quand même pas me laisser tomber pour ton chum?

BÉATRICE: Je ne te laisse pas tomber pour mon chum, ça ne me tentait pas, ce que tu me proposais.

EMMA: S'il ne t'avait pas parlé du théâtre, je suis sûre que t'aurais fini par dire oui au défilé de mode.

BÉATRICE: Tu me trouves si influençable que ça?

Emma se dit qu'elle doit tout de même mettre des gants blancs.

EMMA: Mais non! C'est juste que je suis sûre que t'aimerais ça. Puis on serait ensemble! Déjà qu'on n'est pas dans le même programme...

BÉATRICE: Je le sais! Qu'est-ce qui t'a pris, aussi, d'aller en science de la nature?

EMMA: Ne me le demande pas ! J'ai eu un cours de physique, ce matin, et je pensais que j'allais mourir.

BÉATRICE: C'est sûr que tu ne t'es pas rendu la vie facile. T'es sûre que tu vas avoir le temps d'organiser le défilé de mode?

EMMA: Je vais m'arranger. Puis ce n'est pas encore sûr que je vais être choisie.

BÉATRICE (toujours loyale): Je suis certaine que tu vas être choisie !

EMMA: Oui, mais je veux le faire avec toi ! On ne passera jamais de temps ensemble, sinon. Tu vas être encore plus souvent avec Sébastien.

BÉATRICE: Emma, je t'ai dit que ça ne me tentait pas, le défilé, avant même que Sébastien me propose le théâtre. Sincèrement. Ça ne change rien.

EMMA: Vraiment?

BÉATRICE: Je te le dis ! Déjà que j'ai choisi les sciences humaines, au lieu d'arts et lettres, je veux vraiment faire le plus de projets artistiques possible en parascolaire.

EMMA: Le défilé de mode aussi, c'est artistique !

BÉATRICE: Tu ne m'écoutes pas ! Je veux être artiste, pas organisatrice !

EMMA: OK, OK, on se calme. Puis en plus, sais-tu qui d'autre est dans le comité du défilé?

BÉATRICE: Qui?

EMMA: Regarde, c'est écrit au bas de l'affiche. Astrid et Justine.

BÉATRICE: Ah bon?

EMMA: Donc si t'étais dans le comité, tu pourrais passer plus de temps avec elles.

BÉATRICE: N'essaie pas de m'avoir!

EMMA: T'es sûre?

BÉATRICE: Oui.

EMMA: OK. De toute façon je ne serai peut-être pas prise. Ces filles-là, je n'ai pas l'impression qu'elles acceptent facilement du nouveau monde.

BÉATRICE: À qui le dis-tu!

EMMA: Penses-tu que Sébastien pourrait leur glisser un mot pour moi?

BÉATRICE: Je suis sûre que oui. Puis je vais dîner chez Astrid, samedi. Je vais lui parler de toi.

EMMA: T'es super, merci!

C'est le moment que choisit Mia pour se joindre à elles. Emma l'accueille avec un beau sourire qui est, malgré elle, un peu faux. Par orgueil, elle refuse de montrer à Mia à quel point son *french* avec Théo l'a dérangée. Ça tombe bien, car Mia semble se soucier des réactions d'Emma comme de sa dernière chaussette.

MIA: Les filles, voulez-vous signer ma pétition?

EMMA: C'est pour quoi, cette fois-ci? Les abeilles ou bien le manque de plats véganes à la cafétéria étudiante?

MIA: Tu ris, mais les abeilles, c'est un vrai problème. Puis ce n'est pas normal qu'une cafétéria étudiante serve de la bouffe aussi dégueulasse. Mais non, aujourd'hui, c'est pour bannir le défilé de mode.

Emma n'en croit pas ses oreilles.

EMMA: Bannir le défilé de mode?! Veux-tu bien me dire pourquoi?

MIA: Voyons, c'est une objectification du corps de la femme, en plus de promouvoir des valeurs marchandes complètement toxiques! Le culte de l'apparence, de la beauté, ne viens pas me dire que t'es pas sensible à ces enjeux-là?!

BÉATRICE: Euh, Emma espérait faire partie du comité organisateur du défilé.

MIA (outrée): Tu te moques de moi?

EMMA: Ben quoi? Tu prends tout trop au sérieux. C'est super cool, un défilé de mode! La musique, les chorégraphies, le travail avec les designers, c'est super créatif, tu sauras!

MIA: T'es vraiment aliénée.

À ce moment, Théo s'approche d'elles et leur dit bonjour. Mia s'empresse de lui tendre sa feuille de papier sous le nez.

MIA: Veux-tu signer? C'est une pétition pour interdire le défilé de mode.

THÉO: Non, merci. En fait, je pensais passer les auditions pour y participer.

MIA (s'esclaffant): Toi? Mannequin?

THÉO (taquin): Ben quoi? Je ne suis pas assez beau, peut-être?

En voilà un qui est dangereusement sûr de ses charmes, se dit Emma. Le problème, s'avoue-t-elle en son for intérieur, c'est que ce salaud a raison. Il est objectivement très beau.

MIA: Ce n'est pas ça. Je ne pensais juste pas que ça serait ton genre.

THÉO: Bof, pas trop, mais je me dis que ça va être drôle, puis ça me fait plus d'activités parascolaires pour mes demandes à l'université.

EMMA: Tu veux aller en quoi?

THÉO: En commerce. Soit aux HEC, soit à McGill. Et ça aide d'avoir participé à des activités. Je me dis que tant qu'à faire des affaires ridicules, vaut mieux m'amuser avec des belles filles dans un défilé de mode que de scander des slogans avec une gang de poilus qui manifestent.

MIA (dégoûtée): Pfft! Si tu penses que c'est cool de faire semblant de se foutre de tout, tu te trompes royalement.

THÉO (souriant): C'est toi qui te trompes. Je ne fais pas semblant de me foutre de tout, je me fous réellement de tout.

Emma éclate de rire.

MIA: Tu peux bien rire. Finalement, vous vous méritez, tous les deux. Aucune conscience sociale.

Elle s'éloigne en bougonnant. Emma ricane, un peu gênée de l'allusion de Mia. Mais Théo ne semble rien remarquer d'étrange et il lui sourit.

Emma regarde Béatrice de travers, espérant qu'elle comprenne que sa présence est de trop, surtout qu'elle n'a pas dit un mot de la conversation. Ça prend quelques secondes, mais finalement Béatrice semble saisir, car elle marmonne quelques mots puis les quitte. Théo se tourne vers Emma.

THÉO: Ça te tente d'aller dehors?

EMMA (faussement nonchalante): Ouais, OK.

Ils sortent sur la terrasse puis vont s'asseoir dans le gazon. Théo sort un paquet de cigarettes de sa poche.

Beurk, se dit Emma. Un joint de temps en temps passe encore, mais embrasser un garçon qui fume la rebute. Même quand il est aussi beau que Théo.

Puis elle se demande ce qui lui prend de penser à embrasser Théo. Elle n'a certainement pas l'intention de profiter des restants de Mia. Mais c'est dur de se souvenir de ses grands principes quand il la regarde avec de si beaux yeux.

Il lui tend le paquet de cigarettes.

THÉO: T'en veux une?

EMMA: Non, merci. Je ne fume pas.

THÉO: Moi non plus, en fait. Il faut que j'arrête. Au camp, cet été, on a tellement fumé de joints que je m'y suis habitué. Puis comme le cannabis n'est pas encore légal et que ça ne me tente pas de me faire prendre avec ça au cégep, j'ai remplacé par la cigarette. Mais c'est franchement dégueulasse.

EMMA (en riant): Ça, tu peux le dire!

THÉO: Puis le buzz n'est pas si bon que ça.

EMMA: Là, je vais te croire sur parole.

THÉO: Tu veux dire que t'as jamais fumé une cigarette de ta vie?

EMMA: Ben... non.

THÉO: Une petite innocente! J'aime ça.

Emma sait qu'il la taquine, mais l'étincelle qu'il a dans les yeux la fait rougir quand même.

#12

BÉATRICE: Dépêche-toi ! On va être en retard.

EMMA: Je ne vais quand même pas courir dans les rues comme une voleuse. Relaxe, on va arriver à temps.

BÉATRICE: Je ne veux vraiment pas manquer le début. Sébastien m'a dit que ça lui donnerait de la confiance de me voir.

EMMA: Je tiens à préciser que si on est à la dernière minute, c'est parce que mademoiselle s'est changée à peu près deux cents fois avant de sortir !

BÉATRICE: T'exagères. Mais marche un peu plus vite, OK?

Quand les filles entrent dans l'aréna* du cégep, l'atmosphère est électrisante. L'équipe adverse est déjà sur la glace en train de s'échauffer. Béatrice tire Emma par la manche et elles s'installent dans les gradins, face au banc de l'équipe locale. Béatrice tape tout de suite dans ses mains au rythme de la musique, tandis qu'Emma regarde autour d'elle, curieuse.

---

* **Aréna** – Centre sportif.

C'est la première fois qu'elle met les pieds dans un aréna pour assister à une partie de hockey. Elle a accepté d'accompagner Béatrice pour trois raisons: par curiosité, pour soutenir son amie qui ne voulait pas se pointer là toute seule, mais aussi pour passer du temps avec sa meilleure amie, qu'elle a l'impression de ne jamais voir.

Emma se dit qu'elle n'aura pas le choix de suivre Béatrice aux activités de Sébastien si elle veut être avec elle plus souvent, ce qui la déçoit un peu. Elle sait que Béatrice est amoureuse, que c'est normal qu'elle veuille être avec son chum le plus souvent possible, mais elle s'attendait, en étant coloc avec elle, à ce qu'elles passent beaucoup plus de temps ensemble. Elle tente de se rassurer en se disant que c'est peut-être l'effet de nouveauté, et qu'une fois que Béatrice sera habituée à voir Sébastien tous les jours, elle saura faire plus de place à sa meilleure amie.

La foule hurle. C'est l'équipe du cégep qui saute sur la patinoire. Béatrice se lève et applaudit à tout rompre. Sébastien est le dernier à fouler la glace, imposant dans son uniforme de gardien de but. Il lève ses yeux noirs vers les gradins, aperçoit Béatrice et lui fait un petit signe de tête. Celle-ci saute sur place et lui fait un signe de la main.

BÉATRICE: Avoue qu'il est beau!

EMMA: On ne voit pas son visage, avec son masque!

BÉATRICE: T'es donc bien de mauvaise foi! Tu sais ce que je veux dire.

EMMA: OK, OK, ton chum, c'est le plus beau, le plus grand, le plus fort. T'es contente?

BÉATRICE (en riant): Oui! Et je suis d'accord avec toi.

Sébastien fait des allers-retours devant son filet en rayant la glace. Puis, alors que les joueurs prennent place à la ligne rouge pour la mise au jeu, il s'immobilise devant son but.

BÉATRICE (en serrant fort la main d'Emma): Je n'en peux plus, Emma! Je n'ai jamais été aussi stressée de toute ma vie. Genre, je respire de travers.

EMMA: Voyons, pourquoi? Ce n'est quand bien même qu'un match de hockey.

BÉATRICE: Être gardien de but, ça ne pardonne pas. Un joueur peut connaître une mauvaise partie et personne ne s'en rend compte. Mais si le gardien laisse passer un mauvais but, ça assomme l'équipe au complet. C'est beaucoup de pression.

EMMA: Ben, il est censé être bon, Sébastien, non?

BÉATRICE: Chut, le match commence.

En effet, le silence se fait dans l'aréna. Emma commence à trouver que ce n'est pas si amusant que ça, une partie de hockey, finalement. Personne ne parle, tout le monde a les yeux rivés sur une dizaine de garçons qui se disputent une rondelle, et il fait froid. Pas super glamour.

Après quelques minutes de jeu qui semblent interminables à Emma, l'équipe adverse marque un but. Elle sent Béatrice qui s'enfonce dans son siège. Le silence règne dans l'aréna.

Le jeu reprend. Thomas saisit la rondelle à l'aile droite, monte vers le but et décoche un tir frappé qui prend le gardien adverse complètement par surprise. C'est 1-1.

La foule applaudit à tout rompre. Thomas se dirige vers le banc pour recueillir les félicitations de ses coéquipiers. Avant de retourner prendre place à la ligne rouge pour la mise au jeu, il lève les yeux vers l'estrade où se trouvent Béatrice et Emma.

BÉATRICE: Emma! T'as vu?

EMMA: Le but? Ben là, je suis pas aveugle.

BÉATRICE: Non, voyons! Thomas!

EMMA: Ben oui, c'est lui qui a marqué le but.

BÉATRICE: Non, après son but! Il t'a regardée!

EMMA: Moi?

BÉATRICE: Oui! Il est passé devant nous, puis il nous a regardées.

EMMA: Comment tu sais que ce n'est pas toi qu'il regardait?

BÉATRICE: Voyons, je suis la blonde de son meilleur ami! Mais non, c'est évident, il te regardait. Il doit te trouver mignonne!

EMMA: Tu penses?

BÉATRICE: *Oh my God,* ce serait trop parfait! On serait tout le temps ensemble!

EMMA (intriguée): Il est comment, Thomas?

BÉATRICE: Il est super gentil! Vraiment adorable. Et c'est un super bon ami. Sébastien me dit qu'il peut toujours compter sur lui.

EMMA: Pas super excitant, tout ça.

BÉATRICE: Voyons donc! Il n'y a rien de plus important que de trouver un garçon gentil. Tu sais, un mec bien.

EMMA: Ben, je ne sais pas.

BÉATRICE: Qu'est-ce qu'il peut y avoir de mieux qu'un mec bien?

EMMA: Un mec drôle, ou un mec mystérieux, un mec excitant, un mec qui me fait perdre mes moyens, un mec qui me donne des frissons chaque fois qu'il me regarde…

BÉATRICE: Je trouve que t'as pas les priorités à la bonne place. Puis de toute façon, Thomas, il est super beau, il fait un mètre quatre-vingt-cinq, c'est une star de hockey, donc s'il te donne pas de frissons, t'as un problème.

À ce moment, la foule pousse un cri et des applaudissements retentissent, tandis que les gens autour de Béatrice et d'Emma poussent un grognement.

BÉATRICE: Qu'est-ce que j'ai manqué?

EMMA: Je pense que Sébastien s'est fait encaisser un but.

BÉATRICE: Non! En plus, je n'ai rien vu! OK, à partir de maintenant, silence jusqu'à la fin de la partie.

Et elle tient parole, ne répondant même pas à Emma lorsque celle-ci tente de lui poser une question.

La marque demeure 2-1 jusqu'à la troisième période. De son côté, Emma passe plus de temps à regarder son téléphone que ce qui se passe sur la glace, sauf quand Thomas y est. Le commentaire de Béatrice l'a intriguée. C'est vrai qu'il est beau, et en plus en deuxième année de cégep, et dans la gang d'Astrid et Sébastien...

Voilà qui montrerait à une certaine personne qu'elle ne veut pas nommer qu'elle est plus intéressante qu'une autre qu'elle ne veut pas nommer. Ça serait tant pis pour lui! Il aurait manqué sa chance, et il s'en repentirait chaque fois qu'il verrait Emma au bras de Thomas. Ou, mieux, en train de *frencher* dans la grande salle. Ou dans un party. Mais non, car il ne serait même pas invité dans les partys de la gang d'Astrid. Il faudrait donc que le *frenchage* ait lieu au cégep. Ha! Ça serait bien fait.

Emma est distraite de ses rêves de vengeance par Béatrice qui pousse un cri.

EMMA: Qu'est-ce que j'ai manqué?

BÉATRICE : Un autre but. C'est 3-1.

EMMA: Même Carey Price perd des matchs, Béatrice.

BÉATRICE : Je le sais, mais là, l'équipe joue super bien. C'est Sébastien qui n'a pas l'air en forme.

EMMA (en ricanant) : Peut-être qu'il n'a pas assez dormi hier ?

BÉATRICE : Ça veut dire quoi, ça ?

EMMA: Ça veut dire que le mur entre nos chambres n'est pas super épais et que je n'ai pas pu m'endormir avant une heure du matin.

BÉATRICE : On avait mis de la musique, pourtant. Ah, regarde, ils retirent le gardien !

En effet, Sébastien retourne vers le banc, l'air abattu, alors qu'un sixième joueur saute sur la glace. Quelques instants plus tard, l'équipe adverse fait un dégagement. La rondelle glisse lentement vers le filet désert et s'y dépose. Sébastien retourne donc garder le filet pour les dernières secondes de jeu et le match se termine par la marque de 4-1.

Les supporters applaudissent mollement. Les deux équipes se serrent la main et retournent au vestiaire. Sébastien est le premier à quitter la glace et il assène un coup de poing rageur à la baie vitrée en sortant. Cela attire le regard de l'entraîneur, qui fronce des sourcils. Visiblement, cette colère mal contenue ne fait pas son affaire.

Emma se lève, contente de pouvoir s'étirer un peu.

EMMA: On y va?

BÉATRICE: Je ne sais pas. Je devrais peut-être attendre Sébastien.

EMMA: Avais-tu prévu de le voir après la partie?

BÉATRICE: Non. Il va rentrer se changer chez lui et on devait se rejoindre directement chez Astrid pour le dîner.

EMMA: Bon, ben alors... Viens, on a le temps d'arrêter prendre un café à la Brûlerie en rentrant.

BÉATRICE: Mais il va tellement être déçu... Il me semble que je devrais être là pour lui!

EMMA: D'après moi, il va préférer panser ses blessures tout seul. Les garçons sont comme ça.

BÉATRICE: Je ne suis pas sûre. Sébastien est sensible, tu sais.

EMMA: Regarde, tu fais comme tu veux, mais ce n'est quand même qu'un match de hockey. Ce n'est pas la fin du monde, là.

BÉATRICE: C'est sérieux, le hockey, pour lui.

EMMA: Pour toi aussi, de toute évidence. Allez, Béa, on va prendre un café! On n'a jamais le temps de se parler, ces temps-ci.

BÉATRICE: Je sais. Mais je ne suis pas la seule qui est occupée. Toi aussi, tu passes beaucoup de temps à étudier et à préparer ta candidature pour le comité du défilé de mode.

EMMA: C'est fou comme ça prend du temps ! Viens à la Brûlerie, je te montrerai ce que j'ai fait jusqu'à maintenant.

BÉATRICE : OK, d'accord... Laisse-moi texter Sébastien et j'arrive.

Béatrice sort son téléphone, tiraillée. Elle aimerait tellement pouvoir revenir en arrière, faire dévier la trajectoire de quelques rondelles et changer le résultat du match ! Le commentaire d'Emma la fait douter. Et si c'était en partie de sa faute si Sébastien a connu un mauvais match ? Elle pense qu'elle devrait l'attendre, mais elle ne veut pas non plus l'étouffer. À lui de décider.

« Beau match, mon amour. xx »

Rien.

Elle lui écrit de nouveau.

« Je t'attends ou on se rejoint chez Astrid ? xx »

Elle attend quelques instants. Enfin, les trois petits points indiquant que Sébastien est en train de taper apparaissent.

Puis... rien. À côté d'elle, elle sent qu'Emma s'impatiente. Béatrice regarde fixement son écran, comme si elle avait le pouvoir magique d'y faire apparaître du texte.

Enfin, les trois petits points reviennent.

« Chez Astrid. »

C’est tout. Pas de petits x, même si 100% de leurs messages se terminent habituellement de cette façon. Béatrice se dit qu’il doit être distrait, que l’entraîneur doit être en train de faire son discours d’après-match, mais quand même, cet oubli l’agace.

Elle répond, voulant relancer leurs communications sur le bon pied.

«OK, mon amour. À tout à l’heure! xx»

Elle attend quelques instants. Son téléphone demeure résolument muet.

#13

À la Brûlerie, Emma invite Béatrice à s'asseoir à côté d'elle pour mieux pouvoir lui montrer l'écran de son téléphone.

BÉATRICE: Toute ta proposition se fait sur Instagram, c'est ça?

EMMA: Oui. On doit faire six *posts* qui illustrent notre vision pour chacun des six tableaux qu'on aurait à créer dans le défilé.

BÉATRICE: Tu vas faire des montages photo?

EMMA: C'est sûr! Sinon je ne pourrai pas montrer tout ce que j'ai en tête. Ça va être long, si je veux bien faire. Je trouve ça un peu intense, surtout qu'elles peuvent décider de ne pas nous choisir, mais piquer toutes nos idées quand même.

BÉATRICE: Voyons, pourquoi elles feraient ça? Elles vont vouloir choisir la meilleure personne, non?

EMMA: Je ne sais pas. Astrid me semble plus le genre à vouloir choisir une carpette qui va faire tout ce qu'elle lui dit.

BÉATRICE: Tu ne la connais pas.

EMMA: Toi non plus, pas vraiment !

BÉATRICE: Sébastien dit qu'elle est super sympa. Et je vais mieux la connaître après ce soir.

EMMA: En tous cas, si tu as la chance…

BÉATRICE: Je vais lui dire à quel point t'es bonne et douée, c'est sûr ! Allez, montre-moi ce que tu as.

EMMA (tendant l'écran de son téléphone): J'aimerais y aller en contrastes. Avoir un premier tableau bucolique, genre fleurs dans les prés, puis tout de suite après quelque chose de très *hard core,* métallique, un peu futuriste.

BÉATRICE: J'aime ça ! Tu pourrais ajouter une couche de commentaire social. Genre, sur l'omniprésence de la technologie. Dans ton tableau futuriste, tous les mannequins pourraient avoir le nez plongé dans leur téléphone ou leur Apple Watch en défilant.

EMMA: Génial ! Tu vois, je te l'avais dit que tu avais un don pour ça ! T'aurais tellement dû te présenter avec moi !

BÉATRICE: Pour le côté artistique, ça me fait plaisir de t'aider. C'est l'organisation qui ne me tentait pas.

EMMA: On se partagera la tâche, alors ! Embarque avec moi, il est encore temps !

BÉATRICE: J'aime mieux t'aider en arrière-plan. C'est moins de pression et ça me laissera plus libre pour faire autre chose. T'as quoi d'autre?

EMMA: J'étais pas mal avancée là.

BÉATRICE: Pourquoi pas un tableau vintage, style années 90? Avec du Nirvana *Unplugged.* J'écoute ça avec Sébastien, c'est tellement bon. Tes mannequins pourraient s'habiller comme Monica et Rachel dans *Friends.* C'est super à la mode.

EMMA: J'adore ça!

BÉATRICE: Si tu restes dans le thème des contrastes, de la dualité, tu pourrais ensuite en faire un hyper actuel, inspiré des défilés automne-hiver de Paris ou de New York.

EMMA: Parfait! Et il me manquerait un dernier contraste. Ça en ferait six au total. T'as pas d'autres idées de génie comme ça, par hasard?

BÉATRICE: Laisse-moi réfléchir... Ben, il faudrait voir si les autres seraient partants, mais...

EMMA: Quoi?

BÉATRICE: Tu vas trouver ça fou.

EMMA: C'est ça que je veux! Faut que ça provoque!

BÉATRICE: Ben, avec tout ce qui se passe en ce moment comme courant d'islamophobie, tu pourrais faire un contraste entre un tableau ultra sexualisé, où le corps de la femme est objectifié au max, puis un autre qui met en avant le hijab, le burkini, mais de façon super *fashion*.

EMMA: Tu penses?

BÉATRICE: Ça ferait vraiment réfléchir. Pour ou contre, certains arguments des musulmans traditionnels sur l'objectification de la femme ne sont pas fous. La pub, des fois, ça me donne envie de vomir. Les magazines pour mecs aussi. Ça nous amènerait à constater que les deux côtés ont leurs excès et qu'un n'est pas nécessairement mieux que l'autre.

EMMA: J'avoue…

BÉATRICE: Et tu pourrais en parler à ta mère! Il n'y a personne dans sa famille qui porte le voile?

EMMA: La famille de ma mère est syrienne chrétienne! Sa famille est arabe, oui, mais musulmane, non.

BÉATRICE (gênée): Désolée.

EMMA: Ne t'en fais pas, la distinction est difficile. De toute façon, ce qu'on appelle islamophobie, c'est aussi de l'arabophobie. Les gens n'aiment pas les Arabes. Les musulmans africains ou afro-américains, comme Muhammed Ali, ça ne les dérange pas. Ils ont peur de tout ce qui a l'air de venir du Moyen-Orient ou du Maghreb.

BÉATRICE: C'est vraiment triste. Alors, t'en penses quoi, de mon idée?

EMMA: Je vais y réfléchir. Puis je vais en parler à ma mère, c'est une bonne idée.

BÉATRICE: Et tu sais c'est quoi le plus drôle, dans tout ça?

EMMA: Quoi?

BÉATRICE: Tu pourras dire à Mia que tu fais un défilé de mode subversif, bourré de messages politiques! Ça va lui en boucher un coin!

EMMA (éclatant de rire): J'avoue!

En rentrant à la maison, les filles trouvent Marie-Pier attablée dans la cuisine avec Mia, devant deux tasses de thé fumant.

EMMA (en faisant la bise à sa tante): Salut, Marie-Pier! Ça va?

MARIE-PIER: Oui, ça va. Vous arrivez d'où comme ça?

EMMA: On a pris un café à la Brûlerie.

MARIE-PIER: Bon, maintenant que vous êtes toutes là, je peux vous le dire: je suis ici pour faire une intervention.

EMMA: Une intervention? Comment ça?

MARIE-PIER: Les filles, ça ne fait même pas une semaine que vous êtes arrivées et c'est complètement dégueulasse chez vous. Je veux bien être cool, mais il y a des limites.

EMMA: Hé, ce n'est pas si terrible que ça!

BÉATRICE: Moi, ma chambre est super rangée!

MARIE-PIER: Je sais que tu as l'habitude de garder ta chambre rangée, Béatrice. Mais le reste de l'appartement fait crade. Venez, je vous fais la visite guidée de pièce en pièce.

Emma regarde Béatrice, paniquée, tandis que Mia roule les yeux au ciel.

MARIE-PIER (dans la salle de bains, suivie des filles): Regardez, mesdames, ce superbe amoncellement de dentifrice dans le lavabo. Une véritable œuvre d'art post-moderne! Observez ces cercles bruns qui agrémentent le fond de la cuvette des toilettes! Et ces flaques d'eau qui ornent le sol, telles des odes vivantes à vos ablutions! Et ces serviettes humides, délicatement roulées en boule, jonchant le sol!

MIA (chuchotant à l'oreille de Béatrice): Elle y va un peu fort, non?

MARIE-PIER (du même ton grandiloquent): Elle n'est pas sourde! Elle a trente-six ans, pas quatre-vingts!

Béatrice et Emma ricanent tandis que Mia enfonce la tête dans ses épaules.

MARIE-PIER (les guidant vers le salon): Admirez maintenant ces amoncellements de papiers! À en allumer un feu de forêt!

EMMA: Mais là, on étudie ! Puis les profs sont super arriérés, il y en a plein qui nous obligent encore à imprimer tous nos documents pour les cours !

MARIE-PIER: Ce n'est pas une raison pour que le salon se transforme en décharge à papiers. Le recyclage, ça existe. Et j'ai gardé le meilleur pour la fin. On retourne à la cuisine !

Le petit groupe la suit docilement.

MARIE-PIER (pointant l'évier du doigt): Ça, c'est quoi ?

EMMA: Ben, c'est un évier.

MARIE-PIER: Et ça sert à quoi, un évier ?

EMMA: À laver la vaisselle ?

MARIE-PIER: Wow ! Quelle utilisation révolutionnaire de l'évier. À vous voir faire, j'avais l'impression que ça servait surtout d'espace de rangement pour des assiettes sales et des aliments en processus de décomposition. Vous utilisez de la vaisselle, vous la lavez, c'est clair ?

EMMA: Mais on est super occupées ! On étudie tout le temps !

MARIE-PIER: Si vous avez le temps de prendre des cafés à la Brûlerie, vous avez le temps de rincer deux ou trois assiettes. Les filles, je ne fais pas ça pour vous embêter. Mais si vous continuez comme ça, ça va devenir insalubre ici. Je n'ai pas envie d'être obligée d'appeler un exterminateur.

BÉATRICE: Beurk! Moi non plus!

MIA: Moi, c'est bien simple, je vais prendre tous mes repas à la cafétéria étudiante. Comme ça, pas de vaisselle.

MARIE-PIER: Ça ne règle pas la question de la salle de bains ni des autres aires communes.

EMMA: Ben... Est-ce qu'on se fait un horaire de ménage?

MIA: Ark!

MARIE-PIER: Vous avez voulu vivre en appart, les filles, c'est comme ça que ça marche. Il est encore temps pour vous de devenir pensionnaires au cégep, et pour moi de trouver des étudiants un peu plus vieux pour venir habiter ici.

EMMA: Non, non! Ne t'inquiète pas, Marie-Pier, on va s'arranger. Hein, les filles?

MARIE-PIER: Vous êtes presque adultes, je vais vous laisser trouver la solution entre vous. Mais je veux voir une amélioration, OK?

EMMA: C'est promis.

Marie-Pier remonte chez elle, laissant les trois colocs en tête-à-tête dans la cuisine. Emma est mal à l'aise: elle avait fait de son mieux pour éviter Mia, ces derniers jours. Elle ne sait plus trop comment agir avec elle. Heureusement, Béatrice brise la glace.

BÉATRICE: Je ne veux vraiment, mais vraiment pas aller en résidence.

MIA: J'aimerais mieux retourner à Québec.

EMMA: C'est vraiment nul.

MIA: Alors, comment on s'organise?

EMMA: Qu'est-ce que tu veux dire?

MIA: Il nous faut une solution.

EMMA: Un horaire de ménage? Il y a des gens qui font ça.

MIA: Ark. Moi je dis qu'on donne un gros coup maintenant, puis après ça chacune range ses affaires au fur et à mesure.

BÉATRICE: J'aimerais trop vous aider, mais faut que je sois chez Astrid dans moins d'une heure et je n'ai pas encore pris ma douche…

MIA: Pas question que tu t'en tires aussi facilement, juste parce que Madame a une vie sociale plus palpitante que la nôtre!

BÉATRICE: S'il vous plaît, les filles, c'est mon premier dîner avec les amis de Sébastien! C'est super important pour moi.

EMMA: Ben oui, Béa, on comprend. Je vais faire ta part pour ce soir, OK? Tu me rendras la pareille une autre fois.

BÉATRICE: Oh, t'es tellement gentille, Emma, t'es la meilleure amie du monde!

Elle serre son amie dans ses bras, puis se dirige vers la douche.

MIA: T'aimes donc ça, toi, jouer à la martyre.

EMMA: Ça s'appelle de l'amitié, Mia. Ce n'est peut-être pas un concept que tu maîtrises, mais j'ai espoir: ça va venir.

MIA: Gnan, gnan, gnan. Sont où les produits de nettoyage?

EMMA: Je ne sais pas.

MIA (en ouvrant le placard sous l'évier de la cuisine): J'en ai trouvé. Ark. Ça ne me tente pas.

EMMA: T'as jamais fait le ménage de ta vie, toi?

MIA: Ce n'est pas ça, ça ne me tente juste pas de nettoyer derrière deux autres filles.

EMMA: Tu pensais qu'il allait arriver quoi, en venant en appartement? Que notre appartement s'autonettoierait? Ou qu'on aurait une femme de ménage?

MIA: Ce n'est pas une mauvaise idée.

EMMA: Ben oui, et c'est toi qui vas la payer, la femme de ménage?

MIA: Oublie ça, je n'ai pas un sou. En passant, j'ai déjà soixante-sept signatures sur ma pétition pour interdire le défilé de mode.

EMMA: Bravo! T'avais vraiment besoin de me dire ça, maintenant? Ça va être cool, faire le ménage ensemble, hein?

MIA: T'es trop susceptible. Ce n'est pas personnel, c'est politique.

EMMA: Ben oui ! Et quand tu *frenches* le mec d'une autre fille, c'est politique ça aussi ?

MIA: Ah, ha ! Je le savais que c'était ça qui te préoccupait ! Là aussi, Emma, passe à autre chose ! Tout ça pour un garçon bien ordinaire. C'était une histoire d'un soir, ça ne t'empêche pas de sortir avec s'il t'intéresse tant. Il *frenche* bien, en tout cas.

EMMA: Il ne m'intéresse pas du tout.

MIA: N'importe quoi. Passe-moi un torchon !

#14

En sonnant à la porte, Béatrice se sent nerveuse. La maison de pierres d'Astrid est imposante et nichée dans une des rues les plus huppées du Haut-Outremont. Béatrice n'a pas l'habitude de ce genre de quartier, elle est plus à l'aise chez elle, à la campagne, ou dans les petites rues remplies d'immeubles collés les uns aux autres, comme chez Marie-Pier. Ces grandes maisons comme dans les films, avec leurs clôtures de fer forgé et leurs voitures hors de prix garées dans l'entrée, l'intimident plus qu'elles ne l'intriguent.

Les parents de Béatrice sont aisés, elle n'a jamais eu l'impression de manquer de quoi que ce soit, mais ils mènent une vie simple et évitent les dépenses. Sa mère fait à manger à la maison, clamant à qui veut l'entendre que ça ne sert à rien d'aller au restaurant quand c'est si bon chez soi, tandis que son père astique et répare avec amour sa vieille voiture et ressent une immense fierté chaque année de plus qui passe sans qu'elle rende l'âme.

Béatrice n'a rien contre l'argent, mais elle n'a jamais eu l'impression que c'était important dans la vie. En avoir assez pour vivre confortablement, oui. Mais la richesse, la vraie, comme ce qui s'étale sous ses yeux ici? Ça lui semble aussi mystérieux qu'une planète d'extraterrestres. Pourtant, elle se dit que c'est dans ce milieu que Sébastien a l'habitude de vivre, et qu'elle devra s'y habituer.

En attendant que la porte s'ouvre, elle replace une mèche de cheveux rebelle et se croise les doigts pour que Sébastien soit arrivé avant elle. Elle lui a envoyé quelques textos, en chemin, mais il n'a toujours pas répondu. Elle espère que c'est parce qu'il est trop occupé à l'intérieur avec ses amis pour entendre la sonnerie de son téléphone.

Astrid ouvre la porte et esquisse un léger sourire.

ASTRID: Ah! C'est toi.

BÉATRICE: Merci de m'avoir invitée! C'est super beau, chez toi.

ASTRID: De rien. Entre.

Elles se font la bise. Béatrice se sent un peu maladroite, avec son paquet de six canettes de bière à la main.

BÉATRICE: Je peux mettre ça au frigo?

ASTRID: Ah, t'as apporté de la bière? D'habitude, on boit du vin en mangeant, mais si tu préfères la bière...

BÉATRICE (maudissant intérieurement Sébastien de ne pas l'avoir prévenue): Non, non, c'est bon. J'aime le vin aussi. Donc...

ASTRID: Laisse ta bière dans l'entrée, si tu veux. Tu la rapporteras chez toi, tout à l'heure.

BÉATRICE: Euh, OK.

Elle se penche pour déposer sa pauvre bière prolétaire qui n'est clairement pas assez chic pour les circonstances. Puis, elle suit Astrid qui se dirige avec assurance vers la cuisine.

Là sont regroupés Justine, Raphaëlle, Thomas et leur ami Ludovic. Ils ont tous un verre de vin blanc à la main. Béatrice remarque que les filles sont en robe et elle s'en veut d'avoir mis son jean.

BÉATRICE (étonnée): Sébastien n'est pas là?

ASTRID: Non, il m'a texté qu'il serait un peu en retard.

Béatrice fulmine en constatant que Sébastien n'a pas jugé nécessaire de la prévenir, elle. Puis, elle prend une bonne respiration en se disant que ce n'est peut-être pas plus mal, que ça lui permettra de créer ses propres liens avec ses amis. Thomas lui demande comment elle a trouvé la partie de hockey plus tôt ce jour-là.

BÉATRICE: Vous étiez super bons ! Vous méritiez de gagner.

THOMAS: On jouait contre une équipe assez forte.

BÉATRICE: Sébastien n'a pas eu un match facile.

RAPHAËLLE: Comment ça?

BÉATRICE: C'est beaucoup de pression, être gardien de but. Un mauvais jeu, ça ne pardonne pas. J'avais de la peine pour lui.

À ce moment, Sébastien entre dans la cuisine, une bouteille de vin rouge à la main. Il fait la bise à Astrid, Raphaëlle et Justine, serre la main de Thomas et Ludovic, et enfin embrasse Béatrice.

SÉBASTIEN: Ça va?

BÉATRICE (voulant avoir l'air à sa place): Oui, oui, super !

ASTRID (l'interrompant): Alors, il paraît que tu t'es fait rétamer sur la glace aujourd'hui, Seb?

SÉBASTIEN: Hein? Ça sort d'où, ça?

Il regarde Thomas avec des yeux accusateurs.

ASTRID: Laisse le pauvre Thomas en dehors de ça. Non, c'est ta blonde qui nous racontait tes déboires. Prends un verre de chardonnay, ça va te remonter le moral !

Sébastien a un sourire crispé en acceptant le verre qui lui est tendu. Il se retourne vers Thomas et Ludovic et commence à discuter avec eux, ignorant Béatrice qui demeure plantée à côté de lui comme une potiche. Ce n'est pas dans ses habitudes;

normalement, même quand il discute avec ses amis, il lui tient la main, ou passe son bras autour de ses épaules.

Les filles se mettent elles aussi à se parler de l'autre côté du comptoir. Béatrice a soudain envie de pleurer. Elle se contente de plonger le nez dans son verre de vin. Après quelques instants, constatant que Sébastien continue de lui tourner le dos, elle sort son téléphone et consulte son fil Instagram, question de se donner une contenance. Cela attire l'attention d'Astrid.

ASTRID: Ça va, Béatrice? Tu ne t'ennuies pas trop?

BÉATRICE (en s'approchant, gênée): Non, non, au contraire! Non, c'est juste que je voulais revoir une des photos de mon amie Emma.

ASTRID: Emma, c'est celle qui se présente pour le comité organisateur du défilé de mode, c'est ça?

BÉATRICE: Oui! Elle est super douée et vraiment cool. Je suis sûre que tu vas bien t'entendre avec elle.

JUSTINE: Emma? C'est laquelle encore?

ASTRID: Tu sais, elle est en cégep un, elle a une grosse tignasse frisée.

BÉATRICE (loyale): Elle a des cheveux hallucinants! Épais, bouclés, bruns avec des mèches dorées, elle a une crinière de lionne! C'est sûr que tu l'as remarquée.

JUSTINE: Ça ne me dit rien.

BÉATRICE (en ricanant): En tous cas, Thomas l'a remarquée, lui.

ASTRID (fronçant les sourcils): Comment ça?

Béatrice lui raconte le regard qu'elle a intercepté pendant le match de hockey. Justine pousse un soupir de soulagement.

JUSTINE: Ah, c'est tout!

BÉATRICE: Qu'est-ce qu'il y a?

ASTRID: C'est que Thomas, il est pris.

BÉATRICE: Ah bon? Sébastien m'avait dit qu'il était célibataire.

JUSTINE (chuchotant pour ne pas que les garçons entendent): Techniquement oui, mais il se passe quelque chose entre lui et moi et ça va devenir sérieux bientôt.

BÉATRICE: Ah, désolée, je n'en avais pas entendu parler. Je suis sûre que c'était rien, le regard, là, tout à l'heure.

JUSTINE: En effet. Et ça serait cool que tu ne répandes pas des rumeurs sur mon chum dans tout le cégep.

BÉATRICE: Je n'en parlerai plus, promis. Je suis vraiment désolée.

Elle replonge le nez dans son verre de vin. Elle n'a vraiment pas de chance, ce soir. Chaque fois qu'elle veut faire la conversation et avoir l'air un peu intéressante, ça se retourne contre elle.

Elle s'approche de Sébastien, espérant qu'il remarque sa présence et l'invite à se joindre à sa conversation avec Thomas et Ludovic. Mais c'est peine perdue. Elle demeure quelques instants plantée là, à les écouter parler de hockey et de musique puis, ne sachant que faire, elle s'esquive après avoir demandé à Astrid où était la salle de bains.

Elle s'assoit sur le couvercle des toilettes et sort son téléphone pour envoyer un texto à Emma.

«Grosse soirée chiante ! ! !»

«Qu'est-ce qui se passe?»

«Je mets les pieds dans le plat toutes les deux secondes et Sébastien m'ignore !»

«Hein? Voyons donc ! Pourquoi?»

«Je ne sais pas ! ! !»

«Rentre à la maison ! Je commande du poulet !»

«Je ne peux pas faire ça.»

«Si, tu peux ! On est prêtes pour une soirée entre filles.»

«Je ne sais pas. En passant, oublie Thomas. Il sort avec Justine.»

«OK. Veux-tu que je vienne te chercher?»

À ce moment, on frappe à la porte de la salle de bains.

BÉATRICE: Oui?

SÉBASTIEN (de l'autre côté de la porte): Béa? Ça va?

BÉATRICE: Euh oui, oui, j'arrive.

Béatrice envoie un texto rapide à Emma pour lui dire «Il est là, laisse tomber», puis elle se dépêche de sortir. Elle ne veut surtout pas avoir l'air de la fille qui passe trop de temps aux toilettes, avec toutes les images peu ragoûtantes que ça pourrait évoquer dans l'esprit de Sébastien.

BÉATRICE (en ouvrant la porte): Scuse-moi, j'ai été distraite, je textais Emma.

SÉBASTIEN (impatient): Astrid m'a envoyé te chercher, on va manger.

BÉATRICE (avec son plus beau sourire): Je suis prête.

Sébastien se retourne et se dirige vers la salle à manger, sans lui sourire ou lui prendre la main.

BÉATRICE: Euh… Mon amour?

SÉBASTIEN: Quoi?

BÉATRICE: Qu'est-ce qui se passe?

SÉBASTIEN: C'est moi qui devrais te poser la question.

BÉATRICE: Qu'est-ce que tu veux dire?

SÉBASTIEN: Qu'est-ce qui t'a pris, d'aller raconter à mes amis que j'avais été nul au hockey?

BÉATRICE: Je n'ai pas dit ça, j'ai juste dit que ça avait été un peu ardu. Ce sont tes amis, je me suis dit qu'ils voudraient être là pour toi quand tu vis un moment difficile!

SÉBASTIEN: À la place, tu m'as fait honte.

BÉATRICE : Honte ?

SÉBASTIEN : T'es ma blonde ! T'es pas censée me rabaisser devant mes amis !

BÉATRICE (la voix tremblante) : Je m'excuse, mon amour, je voulais tellement pas faire ça ! T'es le meilleur pour moi, tu le sais !

Sébastien ne dit rien, mais Béatrice sent qu'il s'adoucit. Elle s'approche de lui et place ses bras autour de sa taille. En soupirant, Sébastien l'attire vers lui et la serre dans ses bras. Ils se tiennent longtemps sans parler. Béatrice sent le besoin de se rapprocher de lui encore plus, de les convaincre tous les deux que tout va bien, entre eux. Elle lève la tête et l'embrasse sur la bouche.

Ils sont encore en train de s'embrasser, quelques minutes plus tard, quand Thomas vient les retrouver.

THOMAS : Hé, les amoureux ! On a faim, nous autres. Et Astrid refuse de servir tant que tout le monde n'est pas à table.

SÉBASTIEN : On arrive.

Sébastien prend Béatrice par la main et ils arrivent ensemble dans la salle à manger. Béatrice est intimidée en voyant l'imposante table de chêne, les bibelots antiques, les tableaux, et surtout l'immense portrait de l'actrice Séverine Labelle qui orne le mur au-dessus du foyer.

Justine surprend son regard.

JUSTINE: Tu sais que c'est la mère d'Astrid?

BÉATRICE: Hein? Séverine Labelle? Elle n'a pas gagné, genre, deux Césars?

JUSTINE: Oui, et un prix d'interprétation à Cannes.

BÉATRICE: *My God,* je ne savais pas!

JUSTINE: Et le père d'Astrid est producteur. Ils travaillent ensemble, c'est pour ça qu'ils sont souvent partis. Elle est tellement chanceuse! Tu ne trouves pas qu'elle a le nez de sa mère?

BÉATRICE: C'est vrai qu'elle a un super beau nez.

JUSTINE: Toi, ils font quoi, tes parents?

BÉATRICE: Mon père est comptable de formation. Il a repris la ferme laitière de mes grands-parents. Ma mère est psychoéducatrice.

ASTRID (se joignant à leur conversation): Une vraie de vraie fermière! On n'en rencontre pas souvent. Toi, mon Seb, vas-tu reprendre la ferme laitière quand ça va être ton tour? C'est une belle entreprise familiale, ça.

SÉBASTIEN: Arrête de te moquer de moi, Astrid.

ASTRID (levant les yeux au ciel): Mon Dieu, il y en a un qui a laissé son sens de l'humour dans le vestiaire.

Le repas semble long à Béatrice. Elle n'avait jamais mangé comme ça, avec des amis, un repas à trois services autour d'une grande table. Elle les écoute parler de leurs études, des profs du collège, de leurs cours de philo, de leurs vacances de ski prévues pour l'hiver, et elle se dit qu'ils viennent vraiment d'un autre milieu que le sien. Ils sont urbains jusqu'au bout des ongles et n'ont sûrement jamais croisé une vache de leur vie. Elle se demande s'ils la jugent parce qu'elle a grandi dans les Cantons-de-l'Est. Et si le commentaire d'Astrid, plus tôt, au sujet de la ferme de sa famille, était dû à de la curiosité ou à de la méchanceté. Elle se répète ce que Sébastien lui dit tout le temps, qu'Astrid est gentille, au fond, qu'il faut mieux la connaître pour savoir l'apprécier. Elle se promet de mettre le temps qu'il faudra pour s'intégrer dans la gang de son chum.

Elle est tout de même soulagée lorsqu'ils sortent de chez Astrid, vers vingt-trois heures. Sébastien passe son bras autour de ses épaules.

SÉBASTIEN: On rentre à pied?

BÉATRICE: Tu viens chez nous?

SÉBASTIEN: Qu'est-ce que tu dirais si je textais ma mère pour lui dire que je dors chez Thomas, ce soir?

BÉATRICE: Je dirais que c'est une trop bonne idée! Il ne faudrait pas que la tante d'Emma te voit, mais ça devrait aller. Elle n'est pas fouineuse.

SÉBASTIEN: Et tes parents?

BÉATRICE: Quoi, mes parents?

SÉBASTIEN: Leur as-tu parlé de moi?

BÉATRICE: Pas encore. Pas vraiment. Ils savent que j'ai un ami qui s'appelle Sébastien, mais je ne leur ai pas dit que tu étais mon chum.

SÉBASTIEN: As-tu honte de moi?

BÉATRICE: Ça se voit que tu ne connais pas mes parents! Surtout ma mère. Elle voit tellement d'histoires d'horreur dans son travail qu'elle est hypervigilante. Ils ne me laisseraient jamais habiter en appart en ville s'ils savaient que j'ai un chum sérieux.

SÉBASTIEN: Ah, parce que je suis sérieux, moi?

BÉATRICE (en riant): Pas tant que ça, non! Mais je t'aime tellement…

SÉBASTIEN: Moi aussi, je t'aime, mon petit oiseau.

#15

Le vendredi suivant, Emma est assise sur la pelouse devant le cégep avec ses amis. Toutes les deux minutes, une petite voix intérieure lui chuchote qu'elle devrait être à la bibliothèque en train d'étudier pour son premier test de chimie. Mais il fait trop beau et ses amis sont trop drôles.

NATHAN: Chouinard, le vieux prof de français sénile, il te donnait une note au début de l'année, sur ta première composition, et après il te donnait la même note toute l'année, quoi que tu fasses!

WILLIAM: Devinez donc ce que j'ai fait?

ROSALIE: Quoi?

NATHAN: Ce fou furieux de William, il a écrit des compositions progressivement plus débiles les unes que les autres, exprès, juste pour le tester.

WILLIAM: C'était génial! À un moment donné, c'était devenu «Mon chien s'appelle Noireau. Il est noir et il est beau.»

ROSALIE: Et tes notes?

NATHAN: Il a eu 7,5 sur 10 toute l'année! Pouvez-vous croire ça?

Il se tape sur la cuisse en riant.

ROSALIE: Ça avait l'air trop cool, vos secondaires! Nous aussi, c'était pas mal, hein, Emma?

EMMA: Comme la fois où Magali Lepage avait commandé une pizza et que le livreur nous l'avait apportée en plein cours d'histoire!

NATHAN: Qu'est-ce que le prof a dit?

ROSALIE: Il a été trop cool, il a payé la pizza et nous en a offert un morceau!

WILLIAM: Est-ce que la fille s'est fait prendre?

EMMA: Non. Elle avait donné le nom du prof en passant sa commande.

WILLIAM: Le resto de pizza n'avait pas son numéro de portable?

EMMA: J'avoue qu'elle aurait pu se faire prendre comme ça, mais le prof avait un bon sens de l'humour, ça n'a donc pas été plus loin.

NATHAN: Moi, ça m'aurait donné envie de recommencer, que le prof soit aussi cool.

ROSALIE: Au contraire. Vu que le prof ne s'est pas fâché, ça a comme mis fin à la blague d'un coup.

NATHAN: Vous faites quoi ce week-end?

EMMA: Je ne sais pas encore. Béatrice va chez ses parents.

WILLIAM: On pourrait faire un petit party chez vous? On n'a tellement pas assez exploité ton appart!

EMMA: Oublie ça, les partys. Il n'en est pas question. Mes parents m'enverraient direct en résidence.

NATHAN: Mais ils ne le sauraient pas! Ils ne sont pas genre en Australie?

EMMA: Oui, mais ma tante habite en haut.

WILLIAM: On va être discrets.

EMMA: Oubliez ça, les garçons!

À ce moment, Théo se joint à eux et s'assoit à côté d'Emma dans l'herbe.

THÉO: On oublie quoi?

NATHAN: On voudrait faire un petit party chez Emma, ce week-end, mais elle a trop la frousse.

EMMA (piquée au vif): Je n'ai pas la frousse! Je suis réaliste, c'est tout. Il n'y en a pas un seul de vous en appartement, à ce que je sache! Si je veux y rester, faut que je joue le jeu. Et ça, ça veut dire pas de partys.

NATHAN ET WILLIAM (en riant): Bouu! Bouu!

THÉO: Je vous trouve pas mal immatures, les mecs.

Les garçons se taisent immédiatement, honteux. Emma a des petits papillons dans le ventre à l'idée que Théo la défende devant ses amis.

EMMA: Toi, Théo, avais-tu des plans pour ce week-end?

THÉO: Je joue au golf avec ces deux clowns-là samedi matin, sinon, rien.

EMMA: Ah. Moi non plus, je n'ai rien.

Elle n'ose pas en dire plus, surtout devant ses amis. Mais elle aimerait que le hasard fasse qu'ils se croisent quelque part, loin du cégep. Elle a décidé qu'elle ne s'intéressait pas à lui, depuis l'incident avec Mia, mais ça ne l'empêche pas de rechercher sa présence et d'aimer être avec lui.

ROSALIE: Ça ne vous tenterait pas d'aller aux tam-tams*, dimanche midi? On annonce super beau.

THÉO: Ah ben oui, pourquoi pas?

EMMA: Super!

NATHAN: Je mange chez mes grands-parents. J'essaierai de vous rejoindre après.

WILLIAM: Moi, je ne peux pas. Ma mère nous a invités, mon frère et moi, à manger au resto.

EMMA: La vois-tu souvent?

---

* **Tam-tams** – Rassemblement estival de musiciens en plein air, le dimanche, au pied du mont Royal, à Montréal.

WILLIAM : Pas tant que ça, non. Depuis qu'on a décidé d'habiter chez notre père, c'est un peu tendu avec ma mère. Elle veut rester proche de nous donc elle se force trop pour essayer d'être notre amie.

ROSALIE : Pourquoi vous avez décidé d'habiter chez votre père ?

WILLIAM : Juste parce que c'est plus proche du cégep. Mais bref, je ne peux vraiment pas dimanche, c'est super important pour elle.

ROSALIE : On se rattrapera. Donc, Théo et Emma, on se rejoint à la statue vers onze heures ?

EMMA : Peut-être plus midi, pour moi. Je vais traverser la montagne à pied pour m'y rendre.

THÉO : Tu passes par où ?

EMMA : Le chemin des calèches jusqu'au sommet, puis je descends dans le bois, il y a des petits sentiers cachés qui t'amènent jusqu'à Mont-Royal.

THÉO : Ça me tente d'essayer ça.

EMMA : OK.

THÉO : Donne-moi ton numéro, on se textera un plan.

Emma dicte son numéro à Théo, qui l'inscrit dans son téléphone sans rien dire. Les autres recommencent à parler. Quelques minutes plus tard, Théo sort de nouveau son téléphone et y tape quelques mots, l'air de rien. Le téléphone d'Emma fait bip. Elle le retourne et regarde discrètement l'écran.

«Comme ça, tu as mon numéro aussi.»

Emma sourit, sans regarder Théo ni personne, et elle range son téléphone dans son sac.

#16

Emma passe les quarante-huit heures suivantes dans un état de fébrilité qui ne peut franchement pas être bon pour sa santé. Sans Béatrice, l'appart lui semble trop silencieux, tout à coup. Toute seule dans la cuisine avec son bol de céréales, elle jette des regards curieux vers la porte de Mia, qui reste résolument fermée. C'est à croire qu'elle fait pipi dans un bocal, celle-là ! Emma a l'impression de ne jamais la voir. C'est ce qu'elle a voulu, c'est ce qu'elle a activement recherché, même, mais ce week-end, sans Béa, il lui semble que ça serait bien qu'il y ait un peu de vie dans l'appartement. Si ça continue, elle songe à monter chez sa tante juste pour avoir de la compagnie et ça, c'est un peu pathétique.

Elle passe devant la chambre de Mia en marchant fort, espérant que ça la réveille. Rien. Mais quand elle jette un coup d'œil sur son téléphone, elle voit que Mia a déjà *liké* deux *posts* sur

Instagram ce matin. Ça veut dire qu'elle est réveillée. À moins qu'elle se soit rendormie?

Ark! Qu'est-ce qu'elle fait là, à être obsédée par le sommeil de Mia Gendron? Mais on s'en fout! Il faut vraiment qu'elle trouve de quoi s'occuper, sinon elle risque de péter une case. Elle décide de monter voir sa tante parce que des fois, dans la vie, il faut ce qu'il faut.

Une fois dans l'escalier qui mène chez sa tante, Emma est surprise d'entendre de la musique plutôt forte pour cette heure matinale. Elle frappe à la porte. Marie-Pier ne répond pas. Emma se demande si elle devrait entrer; elle respecte l'intimité de sa tante. Elle reste plantée là un moment, avant de se dire que c'est ridicule et d'entrer.

Elle trouve sa tante au salon, en train de danser seule, les yeux fermés.

EMMA: Marie-Pier?

MARIE-PIER (sans ouvrir les yeux): Emma! Danse avec moi!

EMMA (sans danser): Euh, OK.

MARIE-PIER (toujours les yeux fermés): Allez, Emma, danse!

EMMA (se demandant comment sa tante fait pour voir les yeux fermés): OK, OK!

Pas convaincue, Emma se dandine sur place.

MARIE-PIER (la regardant enfin): Plus que ça, voyons ! C'est de la musique chamanique de l'Ouest américain. Laisse le rythme te pénétrer ! Bouge !

Emma finit par se laisser prendre au jeu et sauter comme une enfant dans le salon de sa tante. Quand enfin la pièce se termine, elles se laissent tomber toutes les deux en riant, essoufflées, sur les poufs du salon.

MARIE-PIER: Pas mal, hein?

EMMA: C'est sûr que ça change le mal de place.

MARIE-PIER: Ça va, toi?

EMMA: Ben, oui, pourquoi?

MARIE-PIER: Emma. Ça va?

EMMA: Ben, moyen.

MARIE-PIER: Raconte.

Et Emma déballe tout d'un coup. Les sciences de la nature qu'elle n'est pas sûre d'aimer; sa coloc qu'elle trouve difficile; Béatrice qui passe tout son temps avec son chum; le défilé de mode auquel elle aimerait tant contribuer; son groupe d'amis qui change et enfin Théo, le beau garçon un peu trop sûr de lui qui en a embrassé une autre, mais qui veut aller marcher dans le bois avec elle demain.

Marie-Pier l'écoute sans dire un mot. Puis, quand Emma a vidé son sac, elle prend une lente respiration avant de lui répondre.

MARIE-PIER: Tu sais, ma belle, tout ça, c'est… normal. Pas agréable, mais inévitable.

EMMA: Qu'est-ce que tu veux dire?

MARIE-PIER: Prenons les choses dans l'ordre. Ton programme scolaire, ça, ce n'est pas de ta faute, c'est celle de notre système d'éducation complètement détraqué. Ça n'a pas de bon sens, obliger des jeunes à choisir leur avenir à dix-sept ans, voyons donc! Penses-tu qu'en Papouasie-Nouvelle-Guinée, à ton âge, les jeunes sont limités quant à leur rôle futur dans la tribu? Ben non! Ils apprennent tout, ils contribuent à tout. Une spécialisation à un âge où l'on ne sait pas encore ce qu'on veut faire, ce qu'on veut être, c'est cinglé.

EMMA: Peut-être, mais je fais quoi, moi, en attendant?

MARIE-PIER: Qu'est-ce que tu veux faire?

EMMA: Ben, je pense que je veux continuer en sciences de la santé. Je veux au moins essayer.

MARIE-PIER: Bon, alors continue. Il sera toujours temps de réévaluer plus tard. Ta coloc, maintenant. Tu sais, Emma, vivre avec quelqu'un, ce n'est pas facile.

EMMA: C'est pour ça que tu vis toute seule?

MARIE-PIER: Oui, justement. J'ai déjà essayé de vivre avec quelqu'un, mais... Disons que ça n'a pas marché. Toi, tu connaissais juste la vie en famille. S'adapter à quelqu'un d'autre au quotidien, ce n'est pas évident. C'est du travail de s'adapter. Regarde juste les efforts que vous avez dû mettre pour avoir un appartement à peu près propre.

EMMA: Avec Béatrice, la colocation se passe super bien.

MARIE-PIER: Vous êtes chanceuses. Mais il faut que tu donnes une chance à Mia. Elle a une attitude difficile, peut-être, mais dis-toi qu'elle est perdue, loin de tout ce qu'elle connaît, et qu'elle doit se créer une vie à neuf ici. C'est normal qu'elle soit un peu à vif.

EMMA: C'est ce que Béatrice dit aussi.

MARIE-PIER: Parlant de Béatrice. Laisse-lui de l'air, un peu. Tu sais que ses parents sont assez stricts avec elle. Elle n'a jamais eu autant de liberté de sa vie. Laisse-la trouver ses repères, prendre conscience de ce qui est important pour elle. Elle t'aime énormément, tu le sais, non?

EMMA: C'est sûr.

MARIE-PIER: Bon. Pour le reste, le défilé, tes amis, un garçon mignon qui ne t'a pas remarquée, c'est la vie, Emma. Tu sais, au secondaire, sœur Louise disait toujours que le bonheur, ce n'est pas d'être béat. C'est de savoir affronter la souffrance et les moments difficiles, et les surmonter. Un changement d'école, c'est toujours difficile, mais c'est dans cet inconfort-là que tu vas grandir.

EMMA: Peut-être.

MARIE-PIER: Tu vas voir, quand tu vas être vieille comme moi, tout ça aura du sens! Allez, file, j'ai un rendez-vous dans quinze minutes. Je t'aime, ma belle.

EMMA: Moi aussi.

Emma embrasse sa tante et elle redescend, plus sereine. Ne lui reste plus qu'à trouver comment occuper les vingt-quatre prochaines heures sans devenir complètement folle.

#17

Béatrice a beau avoir rouspété, avoir tenté de s'en sortir par tous les moyens possibles et imaginables, elle doit avouer qu'elle est contente d'être de retour à la maison. Son père a préparé ses célèbres œufs bénédictine pour le petit-déjeuner, sa mère a fait toute sa lessive, et même sa sœur l'a moins énervée que d'habitude.

Et puis, Sébastien lui a envoyé au moins dix messages depuis ce matin, et des centaines de cœurs ! Elle sait bien qu'il n'a eu qu'à garder le pouce appuyé sur l'emoji, qu'il n'a pas eu à fournir l'effort, disons, d'un Cyrano de Bergerac composant des poèmes, mais c'est le résultat qui compte. Et le résultat, c'est que Béatrice se pâme sur son écran rempli de cœurs rouges de haut en bas.

LA SŒUR DE BÉATRICE (par-dessus son épaule): T'as un chum ?

BÉATRICE: Jasmine ! Voyons ! Arrête de m'espionner !

JASMINE: Je ne t'espionne pas ! C'est toi qui es plantée là en plein milieu du corridor avec une face de brebis !

BÉATRICE: De toute façon, je n'ai pas de chum, OK? Enlève-toi ça de la tête.

JASMINE: C'est qui qui t'envoie tous ces cœurs-là, d'abord?

BÉATRICE: C'est Emma.

JASMINE: Êtes-vous lesbiennes?

BÉATRICE: De quoi tu parles? Bon, arrête là, j'en ai un chum, OK? T'es contente?

JASMINE: Maman ! Béatrice a un chum !

BÉATRICE (en tapant sa sœur sur le bras): Ça va aller, la rapporteuse ! Qu'est-ce qui te prend?

JASMINE: Il me prend que je n'ai pas envie de nettoyer l'enclos de Comète, ce soir.

BÉATRICE: Je l'ai fait ce matin ! Ce soir, c'est à ton tour.

JASMINE: Le week-end passé, t'étais pas là et je l'ai fait deux fois par jour ! De toute façon, si t'es pas contente, j'ai juste à appeler maman, on va lui expliquer tout ça...

BÉATRICE: C'est bon. Je nettoie son enclos ce soir, et après on est quitte, compris?

JASMINE: On verra...

Béatrice se dirige vers l'écurie. Tant qu'à nettoyer Comète, aussi bien aller faire une promenade avec lui cet après-midi.

Comme ça, elle ne travaillera pas pour rien; elle aura eu le plaisir de le salir d'abord. Il a plu hier et il y a pas mal de boue dans les champs. Mais cela ne dérange ni le cheval ni sa cavalière. Elle décide de monter sans selle, afin de s'exercer à tenir en équilibre à la simple force de ses muscles, sans l'aide que lui fournissent le pommeau, la selle et les étriers.

Après avoir échauffé Comète de longues minutes en le tenant simplement avec une longe, dans le champ derrière l'écurie, elle le fait s'approcher de la vieille caisse de bois posée près de la clôture, sur laquelle elle grimpe, avant de sauter d'un bond agile sur le dos de son cheval.

Après quelques minutes au trot, elle serre Comète entre ses jambes afin de le faire passer au galop. Aïe. Les muscles des cuisses lui brûlent déjà; ça se voit qu'elle n'a pas monté depuis quelques semaines. Son petit côté raisonnable lui chuchote qu'elle devrait rentrer ou, du moins, ralentir la cadence, mais elle apprécie trop la vitesse, le soleil sur son visage, et sentir les muscles de Comète qui se délient sous elle.

Quand elle retourne enfin à l'écurie, elle est fourbue. Mais elle sait que sa mère ne lui laissera pas bâcler son travail. Elle brosse longtemps le cheval, puis saisit une pelle pour vider son box. Elle termine de placer le foin frais quand sa mère la rejoint.

LA MÈRE DE BÉATRICE: Ça va, ma puce?

BÉATRICE: Oui, pourquoi?

LA MÈRE DE BÉATRICE: Ce n'est pas trop ton genre de nettoyer l'écurie quand ce n'est pas ton tour.

BÉATRICE (en rougissant): C'est que j'avais envie de monter Comète cet après-midi. Donc j'ai dit à Jasmine que tant qu'à y être, je le nettoierais.

LA MÈRE DE BÉATRICE (sceptique): Hum, OK. Tu prends ta douche? On va manger bientôt.

BÉATRICE: Qu'est-ce qu'on mange?

LA MÈRE DE BÉATRICE: Tu vas voir, gourmande! Allez, zou!

Dès sa sortie de la douche, Béatrice saute sur son téléphone. Sébastien a fait un commentaire avec plein de cœurs sous la photo qu'elle a publiée sur Instagram, d'elle et Comète dans les champs. Elle espère que sa mère ne la remarquera pas, et ne lui demandera pas qui est seb_temer. Béatrice trouve un peu lourd de devoir garder le secret, mais elle a peur de la réaction de ses parents s'ils apprenaient qu'elle a un chum sérieux, en ville.

Son téléphone vibre avec l'arrivée d'un message de Sébastien.

«Bonjour mon amour. xx»

«Coucou mon amour. xx»

«T'étais belle à cheval. xx»

«J'ai pris la photo juste pour toi ! xx»

«J'aimerais mieux te voir en vrai. xx»

«Moi aussi ! Qu'est-ce que tu fais ce soir ? xx»

«On va jouer au billard chez Astrid. xx»

«Elle a une table ? xx»

«Oui, dans son sous-sol. xx»

«J'aimerais être là. xx»

«J'aimerais aussi que tu sois là. xx»

En descendant à la salle à manger, Béatrice a un petit pincement en pensant à son chum, à Montréal, entouré d'une gang de jolies filles, pendant qu'elle est loin, en jogging gris, en train de manger, puis, probablement, de jouer au Scrabble avec ses parents. Il faut qu'elle trouve une façon de leur parler de lui, et qu'il puisse venir avec elle à la campagne. Pas ce soir, mais bientôt. Elle s'ennuie trop de lui et ne peut s'imaginer s'imposer une telle séparation tous les week-ends.

#18

Le cœur d'Emma bat à tout rompre. Elle est sur Côte-des-Neiges, près de l'entrée du parc du mont Royal, là où elle a donné rendez-vous à Théo. Elle regarde son téléphone toutes les cinq secondes, puis le trottoir, puis son téléphone.

Enfin, elle voit Théo au loin. Il s'avance vers elle. Elle ne sait plus comment se tenir tout à coup; elle trouve étrange de le regarder marcher mais ne sait pas quoi faire d'autre. Elle finit par regarder son téléphone quelques instants, question de se donner une contenance. Quand Théo arrive à ses côtés, elle se demande si elle devrait lui faire la bise. Elle décide de lui en laisser l'initiative et ne s'avance pas vers lui. À sa grande déception, il ne le fait pas non plus.

THÉO: Salut.

EMMA: Salut.

Sans rien dire d'autre, ils se mettent à marcher. Les secondes passent, puis les minutes. Emma commence à paniquer. Est-ce qu'il regrette d'avoir accepté de passer du temps avec elle? Et s'il ne lui dit rien? Et si elle ne trouve rien à lui dire? Elle ose un regard vers lui. Il se retourne et lui fait un petit sourire gêné.

Théo, gêné! Elle ne l'a toujours vu qu'extrêmement sûr de lui. Intéressant...

EMMA (prenant son courage à deux mains): As-tu souvent marché sur la montagne?

Pas l'entrée en matière la plus scintillante du monde, mais tout de même mieux que le silence.

THÉO: Pas souvent, non. J'ai plus grandi dans l'ouest de la ville.

EMMA: T'habites où?

THÉO: Notre-Dame-de-Grâce. Mais je joue au hockey à LaSalle.

EMMA: Tu joues au hockey? Pourquoi t'es pas dans l'équipe du cégep?

THÉO: J'aime ta confiance. Tu sais, ce n'est pas tout le monde qui est pris, le niveau est super élevé.

EMMA: Ah, je ne savais pas.

THÉO: Sans blague, je pense que je serais pris, j'ai toujours joué AA, mais mon *coach* me l'a déconseillé. Il ne voulait pas que l'horaire de l'équipe du cégep soit en conflit avec le nôtre. Peut-être l'année prochaine...

EMMA: Alors t'as même pas passé les auditions?

THÉO (en riant): Les auditions! Tu ne connais rien au hockey, toi, hein?

EMMA (en riant elle aussi): Pas trop, non. Qu'est-ce qui m'a dénoncée?

THÉO: Ben, on ne passe pas des auditions au hockey! Ce n'est pas du cinéma!

EMMA: On fait quoi, alors, pour être choisi?

THÉO: Un camp d'entraînement.

EMMA: OK, je vais me coucher moins idiote ce soir.

THÉO: T'as pas l'air d'une idiote du tout.

EMMA (avec un clin d'œil): Je fais de mon mieux!

Ils arrivent près du lac aux Castors. Théo s'arrête et regarde autour de lui.

THÉO: C'est beau, ici.

EMMA: Ils l'ont tout rénové récemment.

THÉO: Comment, rénover un lac?

EMMA (l'air taquin): C'est un lac artificiel! Qui est-ce qui va se coucher moins idiot ce soir, hein?

Théo la pousse doucement de l'épaule en riant. Emma sent sa présence tout près d'elle.

EMMA: Avant il y avait des espèces de pédalos moches, mais maintenant ils ont mis des belles barques.

THÉO: Comme à Central Park…

EMMA: Je ne suis jamais allée. C'est beau?

THÉO: Pas plus qu'ici. On essaie?

EMMA: Un tour de bateau?

THÉO: Pourquoi pas?

Pourquoi pas, en effet, se dit Emma, dont le cœur bat encore plus fort que ce matin, si une telle chose est possible. Ils partagent à deux le prix de location du bateau et s'installent à bord. Théo saisit les rames d'autorité.

EMMA: Tu penses que je ne sais pas pagayer?

THÉO: Dans une barque, on dit ramer. Puis tu parles quand même à un mec qui vient de passer deux mois dans le bois à ramer et à pagayer.

EMMA: Mais…

THÉO: Emma, détends-toi et profite du soleil.

Emma se dit qu'après tout elle n'est pas obligée de jouer à la femme forte et indépendante chaque minute de sa vie et qu'elle peut bien, pour une fois, laisser le prince charmant faire le travail à sa place. Elle appuie sa tête sur le rebord de la barque et ferme les yeux.

THÉO (après quelques instants de silence): On dirait que tes cheveux sont en feu.

En effet, les cheveux bouclés d'Emma, qui sont bruns mais striés de reflets dorés à la fin de l'été, semblent s'embraser comme la crinière d'un lion dans la savane. Théo la regarde d'un air rêveur. Elle est contente d'avoir ses lunettes de soleil sur le nez; elle peut ainsi le dévisager à sa guise sans être gênée.

Il n'y a pas beaucoup à ramer sur le lac aux Castors; Théo n'a donc pas la chance de démontrer ses prouesses nautiques à Emma. Il se contente de guider la barque vers le milieu du lac, puis il laisse les rames appuyées au fond et s'assoit avec Emma, laissant flotter le bateau au gré du courant. Ils parlent peu, regardant les nuages et les oiseaux qui ont déjà commencé leur migration vers le sud.

Lorsque leur heure de location est finie, ils retournent à regret vers le rivage; cette heure sur l'eau leur a paru être une bulle à l'extérieur du temps et de la ville. Ne voulant pas rompre le charme qui semble s'être installé, Emma propose à Théo d'arrêter prendre une glace à la Maison Smith avant de marcher dans le bois.

THÉO: Ça me tente. Je commence à avoir faim.

EMMA: Ils ont des sandwichs aussi, et une terrasse.

THÉO: Là, tu m'as convaincu!

Ils s'installent tous les deux sur la terrasse, au soleil. Théo commande un sandwich BLT et une pinte de bière blonde.

Ayant peur qu'on lui demande sa carte d'identité, Emma s'en tient à un San Pellegrino avec un sandwich au végépâté.

Ils mangent tranquillement, parlant de tout et de rien, de leurs cours, de leurs profs et de leurs séries télé favorites. Théo lui vante les mérites de *Dexter*, une série particulièrement *gore* datant d'il y a quelques années, quand le téléphone d'Emma vibre sur la table.

EMMA: Ah. C'est Rosalie. Elle se demande où on est.

THÉO: Il est quelle heure?

EMMA: Treize heures.

THÉO: Elle nous attendait à quelle heure?

EMMA: Midi.

THÉO: Ah.

Il prend une gorgée de bière sans rien ajouter de plus. Emma laisse son téléphone sur la table. Rosalie comprendra.

Une fois leur repas terminé, ils se rendent au comptoir du glacier. Emma commande la première.

THÉO: Ouh, mademoiselle a des goûts fantaisistes!

EMMA: Je pensais qu'il y avait juste les madames de soixante ans et plus qui disaient fantaisiste.

THÉO: Des goûts de luxe, alors.

EMMA: Qu'est-ce qu'il y a de si luxueux dans le caramel à la fleur de sel?

THÉO: T'entends-tu parler? Va demander ça à un p'tit gars de LaSalle.

EMMA: Il prendrait quel parfum, le p'tit gars de LaSalle?

THÉO: Chewing-gum. Ou vanille. Ou chocolat. Ou fraise.

EMMA: Toi, tu prends quoi?

THÉO: Vanille. Toujours.

EMMA: Voyons donc! Tu es la seule personne au monde que je connais qui prend vanille!

THÉO: C'est le parfum de glace le plus populaire, tu sauras.

EMMA: Ben oui! En accompagnement d'un brownie ou d'une tarte aux pommes! Pas tout seul sur un cornet!

THÉO: C'est quoi, ce jugement sans appel sur la glace à la vanille? C'est un classique et c'est toujours bon.

EMMA: Ce n'est pas un peu insipide?

THÉO: Si tu trouves ça insipide d'être fidèle à ce qu'on aime…

Emma ne sait pas quoi répondre. Elle découvre Théo sous un nouveau jour, loin du garçon sûr de lui et presque arrogant qu'elle côtoie au cégep. Elle l'a toujours trouvé beau, mais elle lui découvre en plus un sens de l'humour et un réalisme qu'elle n'avait pas soupçonnés.

Ils partent vers le sommet, d'où ils admirent la vue sur le centre-ville de Montréal et le fleuve Saint-Laurent. Puis, Emma entraîne Théo vers son sentier favori, qui longe l'escarpement et offre des vues imprenables sur l'Université McGill lors de rares éclaircies entre les arbres.

THÉO (indiquant l'université du doigt): C'est là que je rêve d'aller. Mais ça demande la note du siècle.

EMMA: Et des activités parascolaires?

THÉO: T'as de la mémoire, toi. Oui. Et des activités parascolaires. Je vais essayer pour les Redmen, l'équipe de hockey, mais ils veulent des étudiants complets, qui ont d'autres centres d'intérêt, pas juste des sportifs.

EMMA: Des étudiants qui s'intéressent à la mode, genre?

THÉO: Ben, je me dis que c'est artistique, sans être autant de travail qu'une pièce de théâtre ou un spectacle de musique.

EMMA: Ouais, il te suffit d'être beau.

THÉO: T'es la première qui devrait savoir que c'est pas si simple que ça. J'ai fait le défilé de mon école secondaire, l'an dernier. C'était énormément de répétitions, et les chorégraphies étaient super complexes.

EMMA: Je sais. C'était une mauvaise blague.

THÉO: Par contre, je suis flatté que tu me trouves beau!

EMMA (en rougissant): Je n'ai pas dit ça.

THÉO: Tu me trouves donc laid à mourir et je ne devrais pas perdre mon temps, c'est ça?

EMMA: Je n'ai pas dit ça non plus.

THÉO (en s'approchant d'elle): T'as dit quoi, alors?

Emma lève les yeux vers lui. Ils sont seuls tous les deux, dans le bois. Ils entendent la fureur de la ville au loin, et le son de leur respiration. Théo s'avance et prend entre ses doigts une des boucles rebelles d'Emma, celles qui le fascinaient tant tout à l'heure. Il la regarde. Elle retient son souffle. Il se penche vers elle et effleure doucement sa bouche du bout des lèvres. Presque malgré elle, elle avance son visage vers lui et elle l'embrasse pour de bon.

Emma perd toute notion du temps. Alors que, d'après son expérience, les premiers baisers avec un nouveau garçon sont souvent maladroits, et suscitent le malaise plus qu'autre chose, elle découvre quelque chose de complètement différent avec Théo. Il goûte bon, ses lèvres sont douces; des frissons parcourent le corps d'Emma et elle voudrait que ce moment ne s'arrête jamais.

Ils sont interrompus par deux dames qui arrivent sur le sentier avec leurs chiens et leur font un petit sourire entendu en passant.

Gênée, Emma fait mine de recommencer à marcher vers les tam-tams. Théo la suit et lui prend la main. En descendant à travers les bois, ils ne parlent pas de ce qui vient de se passer; ils reprennent leur conversation où ils l'avaient laissée plus tôt, comme si de rien n'était. Mais la main de Théo tient fermement celle d'Emma, et les frissons n'ont pas tout à fait disparu de ses bras et de ses jambes.

En approchant du monument de George-Étienne Cartier, ils commencent à entendre le rythme sourd des tam-tams à travers la forêt. Théo fait remarquer qu'on se croirait revenu au temps de la Nouvelle-France et des Indiens. Quand ils débouchent sur le parc, Emma aperçoit tout de suite Rosalie, sur la pelouse à droite de la statue, leur lieu de rencontre habituel.

Instinctivement, elle lâche la main de Théo en s'avançant pour saluer son amie. Ils ont à peine le temps de s'asseoir dans l'herbe que Nathan arrive à son tour.

NATHAN: Le plus long déjeuner de ma vie! Mon père a décidé de parler de politique américaine et ça nous a appris que le frère de ma mère ne pense pas comme lui. Je vous jure, je pensais qu'ils allaient en venir aux coups.

ROSALIE: Mince!

NATHAN: Je pensais à vous, installés au soleil avec une petite bière, je vous enviais tellement!

ROSALIE: En fait, t'as rien manqué. Ces deux-là viennent d'arriver. J'ai poireauté ici toute seule depuis ce matin. Vous étiez où, vous autres?

THÉO (le visage impassible): J'avais faim. On s'est arrêtés manger un sandwich.

Emma ne dit rien. Elle tourne sa tête vers la statue et regarde, au loin, les joueurs de tam-tam.

Elle ne sait pas comment réagir, tout à coup, devant ses amis, ni quoi penser de ce qui vient de se produire. Elle demeure distraite et distante le reste de l'après-midi. Même quand Nathan et Rosalie se lèvent pour aller acheter à boire, elle ne parle pas à Théo et continue de regarder les musiciens.

Elle est soulagée quand Rosalie annonce qu'elle va rentrer. Elles se lèvent, disent au revoir aux deux garçons et se dirigent ensemble vers l'arrêt d'autobus.

ROSALIE: Ça va, toi? T'as pas dit un mot de la journée.

EMMA: Ça va. Je dois être fatiguée.

ROSALIE: C'était comment, avec Théo?

EMMA: Bien. Il est gentil.

ROSALIE: Théo, gentil?

EMMA: Plus que tu le penses.

ROSALIE: Tu sais que quand je suis allée acheter à boire avec lui, Nathan m'a demandé si je pensais qu'il s'était passé quelque chose entre vous deux.

EMMA (interloquée): Et qu'est-ce que t'as dit?

ROSALIE (en riant): J'ai dit qu'il n'y avait aucune chance! Comme si tu choperais le même mec que ta coloc! Imagine! Même pas deux semaines après!

EMMA (mal à l'aise): J'avoue.

Dès que Rosalie descend de l'autobus, Emma sort son téléphone pour texter Béatrice.

«Es-tu arrivée?»

«Juste à l'instant!»

«J'arrive dans 5.»

Quel soulagement! Elle a tellement hâte de parler à son amie des pensées contradictoires qui fusent dans sa tête.

D'un côté, elle ne sait pas ce qui lui a pris. Elle s'était juré qu'elle ne s'intéresserait pas à Théo, qu'elle ne tomberait pas dans son jeu de séducteur et qu'elle ne se satisferait jamais des restes de Mia. Théo a eu sa chance avec elle, au party chez Nathan, et il lui a préféré Mia. Par orgueil, elle voudrait effacer ce qui s'est passé cet après-midi. Et puis, que diraient ses amis, Rosalie la première, s'ils apprenaient ce qui est arrivé?

D'un autre côté, elle a le ventre à l'envers et des papillons qui volent partout dans son corps juste à repenser au baiser de Théo. Elle ne s'est jamais sentie comme ça. Jamais. Elle a eu des chums, au secondaire, et elle a déjà fait l'amour, mais c'était plus pour essayer, pour voir comment c'était. Elle n'avait jamais compris pourquoi certaines de ses amies en faisaient une si grosse affaire, ou pourquoi Béatrice rêvait tous les soirs de se retrouver dans les bras de Sébastien.

Maintenant, elle comprend. Mais elle aimerait mieux ne pas avoir compris avec Théo.

En entrant dans l'appartement, elle entend des bruits de voix qui émanent de la cuisine. Zut. Ça veut dire que Béatrice n'est pas seule. En effet, en approchant, elle l'entend qui discute avec Mia.

MIA: Mais voyons, tes parents ne viennent pas du dix-neuvième siècle ! Ils doivent bien s'en douter, que tu traînes avec des garçons.

BÉATRICE: Oui, mais si ma mère réalisait que je vis presque en adulte, et que mon chum dort ici des fois, je serais de retour en résidence juste le temps de le dire.

MIA: Pourquoi elle est aussi stricte ? Ma mère, elle s'en foutrait comme de l'an quarante.

BÉATRICE: C'est à cause de son travail. Elle travaille avec des ados enceintes, des fugueuses et des jeunes en difficulté. Ça la rend super parano. Ah, Emma ! Comment a été ton week-end?

EMMA: Sympa et toi?

BÉATRICE: J'étais contente d'être chez nous, mais je me suis tellement ennuyée !

EMMA: C'est drôle, moi aussi, je...

Le téléphone de Béatrice vibre.

BÉATRICE: Ah, il est déjà là !

Elle s'élance vers la porte d'entrée, qu'elle ouvre pour accueillir Sébastien. Après l'avoir embrassé, elle retourne voir ses colocs dans la cuisine.

BÉATRICE: On va regarder un film dans le salon. Est-ce que ça vous tente?

MIA: Pas envie de jouer aux chaperons ! Je vais regarder Netflix dans ma chambre puis étudier un peu.

BÉATRICE: Emma?

EMMA: C'est quoi, votre film?

BÉATRICE: *Empire Records.* C'est un film des années 90 sur la musique.

EMMA: Je vais passer mon tour, moi aussi. J'ai un test de maths demain.

BÉATRICE : OK, à tout à l'heure !

Et elle s'envole vers le salon, gaie comme un pinson. La porte de la chambre de Mia se referme. Emma reste assise dans la cuisine, les yeux dans le vide.

#19

Lundi matin, Béatrice entre dans la grande salle en courant. Elle veut s'acheter un café et un croissant, n'ayant pas eu le temps de manger ce matin. Puis, elle doit se rendre à la bibliothèque pour avancer sur son travail d'économie qui est à remettre demain. Elle s'approche du Café Cactus quand une voix la hèle. Elle se retourne et voit Astrid qui lui fait un signe de la main. Elle se dirige vers elle, intriguée.

ASTRID: Bonjour Béa, ça va?

BÉATRICE (ravie qu'Astrid utilise son surnom): Oui, super, et toi?

ASTRID: Écoute, avec Justine, on en a parlé, et on pense que tu devrais t'asseoir avec nous, maintenant.

BÉATRICE: Avec vous?

ASTRID: Oui, sur notre banc. T'es la blonde de Sébastien, ça serait normal, non?

BÉATRICE: Ben oui, ça serait super.

ASTRID: Et on aimerait t'inviter à passer l'initiation pour entrer dans notre gang.

BÉATRICE: Une initiation?

ASTRID: Tu vas voir, c'est super drôle. On fait ça pour rire, on ne se prend pas au sérieux.

BÉATRICE: Ben, OK. Ça implique quoi?

ASTRID: Tu vas voir! Es-tu libre ce soir?

BÉATRICE: J'ai un travail d'économie à remettre demain, mais oui, je suis libre.

ASTRID: Parfait. Viens chez moi à dix-neuf heures, OK? Et n'amène pas ta bière.

Elle lui décoche un petit clin d'œil amical en faisant cette dernière remarque.

BÉATRICE: OK, j'y serai!

ASTRID: Et on mange ensemble ce midi?

BÉATRICE: Parfait!

Béatrice se dirige vers la bibliothèque, ayant complètement oublié son café et son croissant. Quel revirement de situation! Que s'est-il passé pour qu'Astrid change d'attitude de la sorte?

En entrant dans la bibliothèque, elle est ravie d'y trouver Emma. Elle s'installe à ses côtés et lui chuchote bonjour.

EMMA (en chuchotant aussi): Je ne t'ai pas vue, ce matin.

BÉATRICE : Je suis partie super tôt, j'ai un travail à finir avant mon cours de français. Oh, tu ne croiras jamais ce qui vient de m'arriver ! Astrid m'a invitée à une initiation pour être dans leur gang !

EMMA : Comment, une initiation ? On est pas dans un film américain, ici. Elles sont tombées sur la tête ou quoi ?

BÉATRICE : Je pense que c'est plus pour rire. Mais c'est cool aussi, non ? Pourquoi tu penses qu'elles ont décidé de m'accepter dans leur gang ?

EMMA : Peut-être parce que t'es super sympa, drôle et intelligente ?

BÉATRICE : Ha, ha, très drôle.

EMMA : Je suis sérieuse, Béatrice. Ces filles-là ne sont pas meilleures que toi.

BÉATRICE : Je sais, mais avoue que c'est quand même cool ! Et elles m'ont invitée à manger avec elles ce midi.

EMMA : Ce midi ? J'avais justement besoin de te parler.

BÉATRICE : On se parle maintenant ! Et on se parlera ce soir en rentrant à la maison. C'est leur première invitation, je veux être polie.

EMMA : OK…

BÉATRICE : De quoi tu voulais me parler ?

LA SURVEILLANTE (s'approchant d'elles): Mesdames, dois-je vous rappeler qu'on est à la bibliothèque ici, et que le silence est de mise?

Les filles baissent la tête et se plongent dans leurs livres. Quand la cloche sonne, Emma se lève pour se rendre à son cours, mais Béatrice reste pour avancer sur son travail.

En marchant dans le corridor vers son pavillon, Emma est soudain saisie d'une montée de stress: elle aperçoit Théo qui s'avance dans sa direction. Dans quelques instants, ils vont se croiser. Elle n'a pas encore décidé comment réagir, quoi lui dire, ni si elle doit faire allusion à ce qui s'est passé entre eux. Elle avait espéré l'éviter jusqu'à ce qu'elle ait la chance de consulter Béatrice, mais voilà que son plan est tombé à l'eau et qu'elle devra se décider beaucoup plus rapidement que prévu.

Le visage de Théo s'illumine d'un immense sourire lorsqu'il la voit. Il s'arrête à sa hauteur.

THÉO: Salut, Emma, ça va?

EMMA: Euh, oui, ça va. Et toi?

THÉO: J'allais te texter, justement. Qu'est-ce que tu fais ce soir?

EMMA: Ce soir? Euh, je… J'aide Béatrice avec son travail d'économie.

THÉO: T'es une amie dévouée!

EMMA: Oui, c'est que…

JUSTINE (en les dépassant): Le corridor, ce n'est pas fait pour discuter. Vous bloquez tout le monde !

EMMA (saisissant ce prétexte pour s'esquiver): De toute façon, je vais être en retard à mon cours. À tout à l'heure !

Et elle part vers son cours sans demander son reste.

Elle s'assoit en classe lorsque son téléphone vibre. Elle regarde discrètement l'écran. C'est Théo.

«Bon, ben, demain soir, alors?»

Son cœur bat la chamade, les papillons et les frissons sont de retour, et elle se sent plus confuse que jamais. Elle avait presque oublié à quel point il était beau.

Ses pouces sont plus forts qu'elle et répondent, sans qu'elle puisse les en empêcher:

«OK.»

#20

Si Béatrice croyait qu'elle était nerveuse, la dernière fois, en sonnant à la porte de la maison d'Astrid, ce n'est rien comparé à ce qu'elle ressent ce soir. La dernière fois, Sébastien était là pour la protéger un peu. La dernière fois, elle ne s'apprêtait pas à passer une initiation mystérieuse.

Elle a bien essayé de demander à Sébastien de quoi il s'agissait, mais il lui a dit ne pas être au courant et n'avoir jamais entendu dire que les filles faisaient ça. Elle ne sait pas s'il lui ment pour protéger le secret ou s'il est sincère. Quoi qu'il en soit, elle est déterminée à aller jusqu'au bout, quoi qu'on lui demande de faire.

Quand elle a parlé de cette soirée à Sébastien, il a ri, trouvant comme Emma les filles un peu intenses avec leur histoire d'initiation, mais elle a bien vu que ça lui faisait plaisir qu'elle soit intégrée à son groupe. Elle se jure de ne pas le décevoir.

Astrid ouvre la porte et fait la bise à Béatrice. Celle-ci lui tend la bouteille de sauvignon blanc qu'elle a pris soin de faire acheter par Mia, à la supérette du coin, avant de venir. Mia avait rouspété pour la forme, mais Béatrice a senti qu'elle était contente de lui être utile.

Astrid invite Béatrice à la suivre. Raphaëlle et Justine sont déjà à la cuisine. Sur la table se trouvent trois enveloppes noires, portant chacune le nom de Béatrice ainsi qu'un chiffre de un à trois.

Béatrice a pris soin de mettre une robe, cette fois-ci, et elle est heureuse de constater qu'elle est habillée comme les autres. Ça commence bien.

JUSTINE: Tu veux des bulles?

BÉATRICE: S'il te plaît.

RAPHAËLLE: J'adore le cava. Ça me met toujours de bonne humeur.

Béatrice, qui n'en a jamais bu, se contente d'acquiescer. Elle trempe les lèvres dans son verre et trouve effectivement que c'est très bon, et que ça a d'excellentes chances de la mettre de bonne humeur.

Après le premier verre, Astrid sert un plateau de bouchées qui semble tout droit sorti d'une réception de mariage dans un film. Les filles grignotent tout en se resservant du cava.

Béatrice a mangé un sandwich avant de venir, mais elle espère qu'il y aura à manger car la tête commence à lui tourner sous l'effet des bulles.

Vers vingt heures, Astrid annonce qu'elles sont prêtes à commencer. Elles se rendent au salon, emportant avec elles une deuxième bouteille de cava et les trois enveloppes noires que Béatrice a vues en arrivant.

ASTRID: Béatrice, tu te tiens debout ici. Nous, les filles, on s'assoit dans le grand fauteuil.

Elles prennent place. Béatrice se sent gênée, comme si elle était dans une émission de télé-réalité, plantée devant un panel de juges intransigeants.

ASTRID: Béatrice, nous avons choisi de t'initier pour que tu fasses partie de notre gang, à la vie à la mort. Est-ce que tu acceptes?

BÉATRICE: Euh, oui.

ASTRID: La première règle, et la plus importante, c'est que ce qui se passe ici reste ici. Personne, et je dis bien personne, pas ta mère, pas ton chum, personne ne peut savoir ce qui s'est passé. C'est compris?

BÉATRICE (nerveuse): Oui.

ASTRID: Raphaëlle, donne-lui la première enveloppe.

Raphaëlle tend à Béatrice l'enveloppe marquée du chiffre un. Béatrice l'ouvre et en sort un petit carton blanc sur lequel est écrit:

«Un secret, tu nous révéleras.»

Béatrice lève la tête, confuse.

ASTRID: C'est bien simple. On doit savoir qu'on peut te faire confiance. Si tu entres dans notre gang, tu entendras tous nos secrets et toutes nos histoires les plus intimes. Il faut donc qu'on connaisse aussi les tiens.

BÉATRICE: Un secret? Quel genre de secret?

ASTRID: Quelque chose de très personnel, que personne ne sait.

BÉATRICE: Je dis tout à mon amie Emma.

ASTRID: Personne ne dit tout. Cherche. Je suis sûre que tu vas trouver. Tu as jusqu'à la fin de la chanson.

Astrid sort son téléphone et appuie sur l'écran. On entend la dernière chanson de Lorde qui émane des haut-parleurs. Les trois filles sont silencieuses et elles regardent Béatrice. Celle-ci se retient pour ne pas se tortiller sur place comme une enfant de cinq ans, tant elle est mal à l'aise. Un secret! Qu'est-ce qu'elle peut bien leur dire? Ah, il y a bien…

BÉATRICE: J'en ai un!

Astrid met pause sur la musique.

ASTRID: Vas-y.

BÉATRICE: Mes parents ne savent pas que j'ai un chum.

ASTRID: Est-ce que Sébastien sait que tes parents ne le savent pas?

BÉATRICE: Oui.

ASTRID: Alors, ce n'est pas un secret.

Astrid appuie sur son écran et la chanson reprend. Béatrice ne sait plus quoi faire et elle se demande si elle devra inventer un secret. Mais quoi? Quelque chose d'assez scandaleux pour satisfaire Astrid, mais de pas trop humiliant pour elle. Mais elle trouve cela risqué d'inventer; elle pourrait s'empêtrer dans les détails ou ne plus se souvenir de ce qu'elle avait dit, la prochaine fois où les filles lui en reparleront. Cela vaut mieux de raconter une histoire vraie. Mais laquelle? Elle réfléchit, paniquée à l'idée de ne rien trouver. Ah, il y aurait peut-être…

BÉATRICE (soulagée): Je l'ai!

Astrid met la musique sur pause.

ASTRID: Pour de vrai, cette fois-ci?

RAPHAËLLE: Oui, on n'a pas toute la soirée.

BÉATRICE: Pour de vrai. C'est quelque chose que je n'ai jamais dit à personne.

ASTRID: Vas-y.

BÉATRICE: Ben, c'est que… j'ai déjà volé.

ASTRID: Raconte.

BÉATRICE: J'étais chez Gap avec ma mère. Elle s'achetait un pyjama. Je trouvais ça chiant, je m'ennuyais, donc, pour m'amuser j'ai pris un pull et je l'ai mis en boule dans mon sac à dos.

ASTRID: Personne ne t'a vue?

BÉATRICE: Non.

JUSTINE: T'étais en quelle année?

BÉATRICE: Secondaire 3.

ASTRID: Tu ne l'as pas dit à ton amie, là, comment elle s'appelle?

BÉATRICE: Emma? Non.

ASTRID: Et à Sébastien?

BÉATRICE: Jamais de la vie. Il trouverait ça débile.

ASTRID: C'est vrai que c'est débile. Tant qu'à voler des vêtements, t'aurais pu faire mieux que chez Gap! Franchement, qui s'habille là?

Béatrice rougit. La robe qu'elle porte vient justement de chez Gap. Elle se jure de ne plus jamais la remettre. Sauf qu'elle se doute bien qu'elle n'aura pas les moyens de s'acheter les mêmes vêtements qu'Astrid et ses amies, avec le budget que lui donne sa mère. Elle pourrait économiser et s'acheter juste une pièce ou deux? Mais dans ce cas-là, elle sera tout le temps habillée pareil. Elle se dit qu'elle devra trouver une solution.

Astrid semble lire dans ses pensées, car elle lui demande quelques instants plus tard:

ASTRID: Béa, on va faire du shopping samedi. Tu viens avec nous?

BÉATRICE: Oui, c'est sûr. Mais...

ASTRID: Mais quoi?

BÉATRICE: C'est que j'ai dépensé mon budget pour les vêtements de la rentrée avant de commencer l'école.

ASTRID: Grosse erreur! T'aurais dû attendre de choisir avec nous. Je te prêterais bien des vêtements, mais...

Inutile d'en dire plus. Astrid fait une demi-tête de plus que Béatrice et ses cuisses sont à peu près de la taille des bras de Béatrice.

ASTRID: T'es super belle, t'as des belles formes, il faudrait juste mieux les mettre en valeur. Tu as un peu la même taille que Justine, non? Justine, tu lui feras quelques tenues?

JUSTINE: Tu peux venir chez moi après l'école demain, si tu veux.

BÉATRICE: Wow! Ça serait super gentil. Merci!

Les filles se resservent du cava et discutent, semblant avoir mis de côté les épreuves de Béatrice pendant quelques instants. Celle-ci respire mieux. Une de faite, il lui en reste deux, si elle en croit les petites enveloppes noires. Elle craint un peu moins ce qui va arriver, maintenant qu'elle constate à quel point les filles sont sympas avec elle et veulent l'aider. Elle ne sait toujours pas ce qui lui a valu d'être acceptée parmi elles, mais ce n'est pas le moment de chercher à comprendre. Parfois, il faut simplement profiter de sa chance.

Astrid termine son verre et elle invite Raphaëlle et Justine à reprendre place sur le fauteuil. Béatrice est de nouveau debout face à elles. Justine lui tend la deuxième petite enveloppe. En l'ouvrant, la nervosité lui revient. Elle lit:

«Une folie, avec nous tu commettras.»

Elle regarde les filles, hésitante.

BÉATRICE: Une folie?

ASTRID: C'est la règle! On va filmer une vidéo ensemble, de nous en train de faire quelque chose de honteux. La vidéo reste dans mon téléphone. C'est comme ça qu'on sait toutes qu'on peut se faire confiance.

BÉATRICE: Mais…

ASTRID: Mais quoi?

Mais s'il n'y a qu'Astrid qui a la vidéo incriminante, ça veut dire que c'est elle qui contrôle tout; en quoi est-ce que ça donnerait confiance aux autres? Béatrice n'ose pas exprimer ses pensées. Surtout que les filles ont l'air de s'impatienter.

JUSTINE: Allez, ce n'est rien. On l'a toutes déjà fait. C'est juste drôle.

BÉATRICE: On fait quoi, dans la vidéo?

RAPHAËLLE: Ça change à chaque fois. Une fois, on s'était embrassées. Une autre fois on a fait pipi en petit bonhomme dans l'herbe. Ce soir, on fait quoi, Astrid?

Astrid prend une profonde inspiration et ferme les yeux un instant, comme si elle réfléchissait à une question d'importance nationale. Puis, elle dit:

ASTRID: On montre nos seins.

Justine et Raphaëlle ricanent comme des gamines. Béatrice, elle, est interloquée. Montrer leurs seins? Pourquoi? La question doit se lire dans ses yeux puisqu'Astrid s'adresse à elle.

ASTRID: C'est juste drôle, voyons! On fait tout le temps ça.

BÉATRICE: Je ne sais pas, t'aurais pas une autre idée?

ASTRID: Mon Dieu, tu es bien pudique! Pour sortir avec Sébastien, il me semble que tu ne peux pas être si prude que ça.

Béatrice n'a pas le temps de se demander ce que ça veut dire, ce petit commentaire; son cerveau opère à toute allure pour décider ce qu'elle va faire. Accepter de participer à la vidéo, ou pas. Entrer dans la gang, ou pas.

Sa mère lui a répété cinquante mille fois que s'il y avait une chose qu'elle ne devait jamais, au grand jamais faire, c'était partager des photos ou des vidéos intimes d'elle sur internet. Car on ne sait jamais où ça peut circuler. Elle lui avait fait lire à voix haute, pour être sûre que ça lui rentre dans la tête, l'article sur les garçons qui s'échangeaient des photos osées de filles comme si c'étaient des cartes de hockey.

Mais c'est différent. Ces mecs-là, ça devait être des imbéciles finis, pour faire des choses pareilles. Astrid, Raphaëlle et Justine, elles peuvent être intenses, mais ce sont des filles intelligentes, bonnes à l'école, qui viennent de bonnes familles. Elles ne voudront pas, elles non plus, que la vidéo circule.

JUSTINE: Si tu ne veux pas, tu peux le dire, Béatrice. Si tu ne nous fais pas confiance, t'as pas à le faire. Mais ça voudra dire qu'on ne pourra pas te faire confiance non plus.

Faire confiance, faire confiance... elle les connaît à peine! Et elle ne sait toujours pas pourquoi elle a été choisie, elle, parmi toutes les filles du cégep.

BÉATRICE: Je peux vous poser une question, avant? Pourquoi vous m'avez choisie?

ASTRID: Il me semble que c'est évident. Tu es belle, tu es intéressante et tu cadres bien avec nous.

BÉATRICE: Ah, je pensais que c'était parce que je sortais avec Sébastien.

ASTRID (en éclatant de rire): Tellement pas ! Si tu avais vu la chiante avec qui Sébastien sortait l'an passé ! Elle n'a pas fait long feu, crois-moi. On ne la tolérait pas.

RAPHAËLLE: Ark, arrête. Bon débarras.

Ce que Béatrice comprend, c'est que si elle veut rester avec Sébastien, elle doit se faire accepter par son groupe. Justine la sent hésiter et assène le coup final.

JUSTINE: Ne prends pas ça trop au sérieux ! On s'amuse, c'est tout ! On en a fait des tonnes, des vidéos honteuses. C'est juste drôle. Je te jure, la dernière fois, on pleurait de rire, en se regardant.

BÉATRICE (en prenant une grande inspiration): OK, d'accord. Je vous fais confiance !

Les filles sautent de joie. Elles se resservent un verre, font Santé ! et l'avalent d'une traite. Astrid place son téléphone sur la table et appuie sur vidéo. Elle invite les filles à se placer.

ASTRID: OK, en premier on se filme en train de danser.

JUSTINE: Habillées ?

ASTRID: Oui.

Les quatre filles dansent au son de Rihanna. Le cava commence à faire effet et Béatrice se sent de plus en plus détendue. Elle a laissé tomber les précautions et les hésitations, elle a accepté de prendre un risque et de se lancer, au diable les conséquences, et elle doit s'avouer que ça lui fait du bien. Elle se sent libre, légère et frondeuse. Elle danse comme si personne ne la regardait.

ASTRID: On coupe. Maintenant, approchez-vous de la caméra, je vais bien cadrer. OK, enlevez vos robes.

Voyant Justine et Raphaëlle arracher leur robe sans hésitation, Béatrice fait de même. Elle est en sous-vêtements dans le salon d'Astrid, sous un autre portrait de Séverine Labelle, et elle trouve cela très loufoque tout à coup. Elle éclate de rire sans raison, pendant que les filles se placent côte à côte devant la caméra.

ASTRID: Quand je dis *go,* on baisse nos soutiens-gorges, OK? *Go!*

Béatrice baisse son soutien-gorge, puis le remonte. À côté d'elle, les trois filles sont écroulées de rire. Béatrice rit avec elles un instant, avant de se rendre compte qu'elles semblent trouver la situation plus drôle qu'elle ne le mérite.

BÉATRICE: C'est quoi la plaisanterie, les filles?

ASTRID: Ben, on n'allait pas vraiment montrer nos seins!!! On ne fait pas un film porno quand même! *Oh my God,* c'est trop drôle!

Et les trois filles rient de plus belle.

BÉATRICE: Vous voulez dire que je suis la seule qui a…

JUSTINE : Pauvre petit oiseau, si tu voyais ta tête ! C'est juste une blague, Béatrice, où est ton sens de l'humour ?

RAPHAËLLE : Ne t'inquiète pas, Astrid nous a toutes déjà fait le coup. Elle efface les vidéos après, hein, Astrid ?

ASTRID : Ben oui, c'est sûr. Le vrai test, Béatrice, ce n'était pas de voir si tu allais oser faire une vidéo avec nous ; c'est là, maintenant, de voir si tu as le sens de l'humour. On se fait toujours des blagues, dans notre gang, faut qu'on sache si t'es capable d'encaisser.

BÉATRICE (en se forçant à rire) : Ben oui, voyons. Vous m'avez bien eue !

Raphaëlle ressert à boire. Béatrice avale un peu de travers en regardant la troisième enveloppe. Dire qu'il lui reste encore une épreuve ! Elle ne sait pas si elle est capable d'encaisser plus.

#21

Emma fait les cent pas devant la porte. Lorsque Béatrice est partie en direction de chez Astrid, et que Mia a annoncé qu'elle allait au cinéma voir une anthologie de vieux films de Quentin Tarantino, Emma a flanché. Elle n'a pas supporté la solitude annoncée de sa soirée, et n'a pas pu résister à la voix intérieure qui lui enjoignait de lui écrire. Ses doigts ont encore agi de façon indépendante de sa volonté – de sa volonté avouée, du moins – et ont composé un texto qu'elle a envoyé sans prendre le temps de réfléchir.

«Finalement, mes colocs sont sorties. Tu fais quoi?»

Elle a attendu quelques secondes, qui lui ont semblé éternelles, avant de voir apparaître les trois petits points indiquant que la réponse arrivait.

«Je viens chez toi?»

Emma a pris deux ou trois profondes respirations avant de répondre.

«OK.»

Puis, elle s'est précipitée sous la douche.

Lorsqu'enfin ça sonne à la porte, Emma s'oblige à compter jusqu'à cinq avant de répondre. Dès que la porte est ouverte, elle lève la tête pour croiser le regard de Théo et répond malgré elle au grand sourire qu'il lui adresse.

THÉO: Ça va?

EMMA: Oui, entre.

Ils se dirigent vers la cuisine.

THÉO: C'est grand.

EMMA: Oui, tout le monde dit ça. On est vraiment chanceuses. Veux-tu une bière?

THÉO: OK.

Emma sort deux bières du frigo ainsi qu'un sac de chips de l'armoire. Elle est presque sûre que c'est Mia qui a acheté les chips et se promet d'aller en acheter d'autres avant que sa coloc revienne. Elle entraîne Théo sur le balcon arrière et ils prennent tous deux place sous le lierre qui grimpe sur le mur de briques et étend ses tentacules verts vers le toit. Ils boivent quelques gorgées en silence.

THÉO: Et comment ça se passe?

EMMA: Quoi?

THÉO: Tout. Tes cours, le cégep.

EMMA: Pas si mal. Mais je ne suis pas sûre d'avoir choisi le bon programme.

THÉO: Vas-tu changer?

EMMA: Peut-être. Mais j'aurais peur de décevoir mon père. Il était tellement content quand j'ai choisi sciences de la santé.

THÉO: Mais si t'aimes pas ça…

EMMA: Si je n'aime pas ça et que je ne continue pas là-dedans, ça sert à rien de passer deux ans à faire ça, je sais. Je vais voir… Ça vient juste de commencer.

THÉO: Et t'écoutes quel genre de musique?

EMMA (en riant): Mon Dieu, c'est un interrogatoire?

THÉO: J'ai envie de mieux te connaître. Est-ce que c'est un crime?

EMMA: Non, non, ce n'est pas un crime. Ben, je ne sais pas, j'aime de tout. C'est plus Béatrice la spécialiste en musique.

THÉO: Ça veut dire quoi, de tout? Nomme-moi un artiste ou un groupe que t'aimes.

EMMA: Ben, je ne sais pas…

THÉO: Tu ne sais pas, ou tu ne veux pas me le dire?

EMMA (gênée): Ben, j'aime ce qui passe à la radio… Ce que tout le monde écoute…

THÉO: Genre?

EMMA: Ben, genre Shawn Mendes, Taylor Swift…

THÉO: Tu rougis.

EMMA: C'est que ce n'est pas super intello comme goûts musicaux. Béa rit tout le temps de moi. Elle, elle écoute des affaires comme Nirvana ou Red Hot Chili Peppers ou Arcade Fire.

THÉO: Toi, ça serait plus Selena Gomez, c'est ça ?

EMMA: Ben quoi, ses chansons sont super bonnes !

THÉO: Si tu le dis !

EMMA: Toi, t'écoutes quoi ?

THÉO: Des vieilles affaires. Surtout des groupes. Du Led Zep, du Pearl Jam.

EMMA: De la musique de mec.

THÉO: Aucun rapport ! Quand c'est bon, c'est bon. Viens, je vais te faire écouter quelque chose.

Théo fait signe à Emma de s'approcher, pour qu'elle entende mieux la musique qui émane du haut-parleur de son téléphone.

THÉO: Ça, c'est *Better Man,* de Pearl Jam. C'est une vraie chanson coup de poing.

Emma ne dit rien, elle écoute. Elle se laisse transporter par la voix profonde du chanteur, par ses mots percutants. Elle sent la présence de Théo à quelques centimètres d'elle, mais elle ne le regarde pas, elle se concentre sur la musique. Quand la chanson finit, elle relève la tête.

EMMA: C'est vrai que c'est bon. Regarde, ça m'a donné des frissons.

Elle tend son bras sur lequel on aperçoit de la chair de poule. Théo passe la main sur son avant-bras, doucement, multipliant les frissons plutôt que de les résorber. Elle croise son regard. Il se penche vers elle et l'embrasse.

Ils s'embrassent de longs moments dans la nuit tombante. Puis, Théo fait écouter une autre chanson à Emma: *Dream On* d'Aerosmith. La soirée se passe ainsi, doucement, de baisers en chansons, avec une deuxième bière chacun et un sac de chips complètement vide.

Un peu plus tard, Emma regarde son téléphone, se demandant combien de temps ça dure, une anthologie de vieux films. Il est déjà vingt et une heures trente. Elle joue avec la boucle de son bracelet, se demandant si c'est le bon moment pour aborder le sujet qui la tracasse depuis le début de la soirée.

EMMA: Théo?

THÉO: Oui?

EMMA: Je peux te demander une faveur?

THÉO: Vas-y.

EMMA: C'est un peu délicat, mais… En fait, c'est deux faveurs.

THÉO: Deux?

EMMA: La première, c'est que j'aimerais que tu partes avant que mes colocs reviennent.

Théo a l'air surpris, mais il ne dit rien. Emma se lance:

EMMA: La deuxième, c'est que j'aimerais que tu gardes ça pour toi, ce qui se passe entre nous.

THÉO: Et il se passe quoi entre nous, exactement?

EMMA: Ben, tu le sais…

THÉO: Non, Emma, je ne le sais pas. J'aimerais que tu m'expliques.

EMMA: C'est un peu évident, non?

THÉO: Pas si évident que ça, non. Moi, je pensais que ce qui se passait entre nous, c'est que j'étais en train de devenir ton chum et t'étais en train de devenir ma blonde. Mais si tu me demandes de garder ça secret, ça veut dire que j'ai vraiment rien compris à ce qui se passe entre nous.

Emma voit qu'il est fâché. Elle se demande comment rattraper la situation.

EMMA: On n'est pas obligé de tout étiqueter, dans la vie! Chum, blonde, ça veut dire quoi?

THÉO: Ça voudrait dire qu'on sortirait ensemble.

EMMA: Oui, mais justement, ça nous regarde, non? Pourquoi est-ce que tout le monde aurait besoin d'être au courant?

THÉO: Mais pourquoi ça aurait besoin d'être un secret?

EMMA (cherchant de l'inspiration): C'est juste que… je trouve le monde trop médisant, au cégep. Je n'ai pas envie que tout le monde parle de nous dans notre dos.

THÉO: Ils feraient ça?

EMMA: Tu ne les connais pas! Nathan, William, Rosalie, c'est des vraies machines à potins.

THÉO: J'avoue que je n'ai pas envie que les autres se mêlent de ma vie.

EMMA: Exactement! Ils sont super bébés avec leurs histoires, ils se mêlent de la vie de tout le monde. Il me semble que c'est bien plus mature d'avoir une relation juste entre nous, qui ne regarde personne d'autre.

THÉO: La gang du cégep, je peux comprendre, mais tes colocs?

EMMA: Ben… Elles sont au cégep, elles aussi. Elles se tiennent avec Nathan, William et Rosalie parfois.

THÉO: Oui, mais…

EMMA: Surtout, c'est que je ne veux pas leur demander ça. C'est lourd, porter un secret pour quelqu'un d'autre. Et si elles dévoilaient des informations par accident, on serait fâchés, tous les deux, et ça ne me tente pas de compliquer ma relation avec mes colocs.

THÉO: Je comprends, mais…

EMMA (passant ses bras autour du cou de Théo): Je le savais que tu comprendrais! T'es pas conventionnel. C'est une des choses que j'aime chez toi.

THÉO: Et c'est quoi les autres choses?

EMMA: Ben… Tu veux vraiment le savoir?

THÉO: Oui.

EMMA: T'embrasses vraiment, vraiment bien.

Théo se penche et l'embrasse de nouveau, mettant fin à la conversation.

#22

Au même moment, chez Astrid, Béatrice se tient de nouveau devant les filles, prête à ouvrir la troisième enveloppe noire. Elle a la tête qui tourne et ne peut s'empêcher de penser à son travail d'économie qu'elle n'a pas encore fini.

ASTRID: Mesdames et mesdemoiselles, la troisième enveloppe!

Justine et Raphaëlle applaudissent.

JUSTINE: Allez, Béa, ouvre-la!

Béatrice décachette l'enveloppe et lit à voix haute:

«Une promesse, tu nous feras.»

Elle regarde Astrid.

ASTRID: Cette étape-là, c'est la plus simple, mais la plus importante. On se promet fidélité, à la vie à la mort. On se promet de toujours être amies. Et on se promet que jamais un garçon ou personne d'autre ne va passer avant la gang.

JUSTINE: Et quand ça fait un an que tu as fait la promesse...

RAPHAËLLE: Justine! On le dit juste quand ça fait un an!

ASTRID: Relaxe, Raph. Quand ça va faire un an, tu vas pouvoir te faire un microtatouage, comme nous.

Astrid détache le mince bracelet de cuir qu'elle porte au poignet gauche. Juste à la jonction de sa main se trouve un minuscule 1. Justine et Raphaëlle montrent leur poignet, portant respectivement le 3 et le 4.

BÉATRICE: Le numéro 2, il est où?

ASTRID: C'est une longue histoire. Toi, tu seras le 5. Dans un an.

BÉATRICE: Euh, OK. Super.

JUSTINE: T'es prête à faire ta promesse?

BÉATRICE: Oui!

ASTRID: On t'écoute.

BÉATRICE: Faut que je répète ce que t'as dit?

ASTRID: Dans tes mots.

BÉATRICE: Je promets d'être votre amie, à la vie, à la mort. De vous aider, de vous écouter et d'être là pour vous.

ASTRID: Et que rien ni personne ne passera jamais avant nous?

BÉATRICE (pensant un moment à Emma et à Sébastien): Et que rien ni personne ne passera avant vous. *Amen.*

Les filles éclatent de rire.

Quand Béatrice rentre chez elle, elle se sent un peu saoule et surtout, elle a affreusement faim. Elle fonce presque dans Emma, qui est en train d'enlever ses souliers dans le noir.

BÉATRICE: Emma? Qu'est-ce que tu fais là?

EMMA: Je reviens de la supérette.

BÉATRICE: Qu'est-ce que t'as acheté? Je meurs de faim.

EMMA: Des chips, mais…

BÉATRICE: Donne, j'ai trop faim!

EMMA: C'est que… elles sont pour Mia.

BÉATRICE: Tu es sortie acheter des chips à Mia à vingt-deux heures, un lundi soir? J'ai manqué un épisode ou quoi?

EMMA: Ben non, idiote. C'est que j'ai mangé un paquet qui était à elle, et je voulais le remplacer avant qu'elle rentre. Tu sais comment elle est quand on prend sa bouffe…

BÉATRICE: Bof, avec moi elle est super cool. C'est toi qui la provoques tout le temps. Elle réagit donc fort à tout ce que tu fais. Allez, donne-moi les chips. Je lui dirai que c'est moi qui les ai mangées.

EMMA (en lui tendant le paquet): Si tu y tiens. Elles t'ont pas nourrie, tes initiatrices?

BÉATRICE: Il y avait genre trois mini-bouchées au début de la soirée, puis plus rien.

EMMA: Elles peuvent bien être minces.

BÉATRICE: C'est exactement ça que je me suis dit!

EMMA: Alors, c'était comment?

BÉATRICE: Il y avait des moments intenses, mais ce n'était pas si terrible.

EMMA: Intense? Comme quoi? Raconte!

BÉATRICE (mal à l'aise): Emma…

EMMA: Ben voyons! Qu'est-ce que t'as fait?

BÉATRICE: Ce n'est pas ce que j'ai fait le problème. C'est que…

EMMA: Crache! Tu me rends nerveuse!

BÉATRICE: C'est rien de vraiment grave… C'est juste que j'ai promis que…

EMMA: Que quoi?

BÉATRICE (parlant très vite et faisant la grimace): Que je ne te dirais pas ce qu'on a fait!

EMMA (poussant un soupir de soulagement): Ah, c'est tout!

BÉATRICE: Comment, c'est tout?

EMMA: Je ne sais pas, moi, à voir ta tête, je pensais que t'avais fait quelque chose d'illégal ou que tu t'étais fait tatouer le nom d'Astrid sur la fesse.

BÉATRICE (avalant de travers): Ben non, voyons.

EMMA: Alors, ça ne peut pas être si terrible que ça!

BÉATRICE: C'est qu'on se dit toujours tout, Emma! La base de notre amitié, c'est l'honnêteté! En revenant à la maison, c'est pas juste l'alcool qui me donnait mal au cœur, c'était l'idée de ne pas pouvoir te dire toute la vérité!

EMMA (mal à l'aise à son tour): C'est vrai, mais...

BÉATRICE: Mais je me suis consolée en me disant qu'au moins je ne te mens pas! Je ne peux pas tout te dire, mais t'es au courant, et surtout je ne mens pas.

EMMA: Ah, ben oui, vu comme ça...

BÉATRICE: T'as fait quoi, toi, ce soir?

EMMA: Euh, eh bien... J'ai étudié.

BÉATRICE: Ça devait être super déprimant, si tu as mangé un paquet de chips au complet! Ce n'est tellement pas ton genre!

EMMA (en ricanant nerveusement): Oui, hein, ha, ha, je ne sais pas ce qui m'a pris! Je dois être en SPM.

BÉATRICE: Voyons, Emma, on a eu nos règles en même temps, la semaine passée! Ça va, toi?

EMMA: Je ne sais pas, je dois juste être fatiguée. Je pense que je vais aller me coucher.

BÉATRICE: OK. Viens ici.

Elle serre Emma dans ses bras.

BÉATRICE: C'est quand même toi ma meilleure amie, OK? Et je n'ai pas besoin d'initiation pour le prouver.

EMMA: Je le sais. Bonne nuit, Béa.

BÉATRICE: Bonne nuit, Emma.

Couchée dans son lit, Emma se demande pourquoi elle n'a pas été capable d'avouer la vérité à Béatrice. Elle est gênée. Pas de sortir avec Théo, bien sûr, qui est super beau et attire tous les regards, et qui se révèle de plus en plus gentil et intéressant. Mais gênée de trahir ce qu'elle considère comme étant des principes importants. Un, ne jamais avoir d'histoire avec le même garçon qu'une de ses amies. Pas que Mia soit son amie, elles se parlent à peine, mais c'est sa coloc, alors ça compte. Emma serait vraiment gênée d'inviter Théo à la maison quand Mia y est. Deux, faire preuve de respect envers elle-même et ne pas sortir avec un garçon qui l'a déjà ignorée. Elle a l'impression que son intérêt envers Théo était super évident, le soir du party chez Nathan; elle n'arrêtait pas de le chercher du regard.

Mais... Une autre petite voix dans sa tête lui dit qu'elle s'invente des complications pour rien. Mia n'en a rien à cirer, de Théo; elle le lui a dit assez souvent. Elle ne serait pas blessée ou heurtée qu'Emma sorte avec lui. Et si c'était désagréable de la croiser dans l'appartement avec Théo les premières fois, tout le monde s'habituerait vite.

Et l'histoire du party chez Nathan... C'était le premier jour d'école. Théo n'avait même pas eu le temps d'apprendre à la connaître. Et peut-être que ses regards n'étaient pas si évidents que ça. Sa tante Marie-Pier dit tout le temps que les garçons ne saisissent pas les subtilités et que si on veut leur passer un message, on doit utiliser un écriteau géant sur le bord de l'autoroute.

D'un autre côté, Emma se demande si elle n'est pas en train de s'inventer toutes ces justifications parce qu'elle est trop attirée par Théo. Au final, elle n'a surtout pas envie que ses amies rient d'elles. Elle sait que Rosalie rirait, et qu'elle raconterait ça aux autres filles de sa gang. Emma regrette, tout à coup, d'avoir fait une si grosse affaire du *french* entre Théo et Mia. Rosalie n'était même pas là, au party, en plus ! Si seulement elle ne lui avait rien dit le lendemain, si seulement elle avait laissé cette histoire mourir de sa belle mort…

En s'endormant, Emma se dit que ça lui fait au moins une leçon d'apprise…

#23

Le lendemain après l'école, en arrivant chez Justine, Béatrice se fait la réflexion que ses nouvelles amies n'ont de toute évidence pas grandi dans une ferme. Justine habite avec sa mère et son frère dans une copropriété ultramoderne, bâtie dans un ancien couvent de sœurs reconverti en immeuble de luxe. Depuis les immenses fenêtres, on a une vue imprenable sur la ville et sur le jardin entourant la résidence. Justine entraîne Béatrice dans la grande cuisine, toute noire, où accents industriels se mêlent à des touches de décoration rétro. Béatrice, sensible à tout ce qui est design, rêverait d'explorer toutes les pièces. Elle se contente de siroter le smoothie au kale que lui tend sa compagne.

JUSTINE: Veux-tu aussi une boule d'énergie?

BÉATRICE: Une boule de ...?

JUSTINE (en lui tendant une petite boule noire couverte de points blancs): T'en as jamais goûté? Vous mangez quoi, vous autres, dans les Cantons-de-l'Est?

BÉATRICE: Ben, je ne sais pas...

JUSTINE: Ma mère fait venir Ashley Woodhouse trois fois par semaine, pour remplir le frigo. La connais-tu? C'est une des meilleures chefs véganes de Montréal. C'est vraiment bon.

BÉATRICE: Vous êtes végétaliens?

JUSTINE: Non, vraiment pas, mais on mange le moins de viande possible. C'est bon pour la santé de la planète et... c'est bon pour la ligne!

Béatrice se dit que la ferme laitière de ses grands-parents ne sera vraiment pas à la mode dans son nouvel environnement. Pourtant, chez Emma et ses amies du secondaire, ça semblait être le contraire: leurs parents adoraient les fromages du coin et les microproducteurs. La fois où la mère de Béatrice avait envoyé du lait frais de la ferme chez la mère d'Emma, celle-ci avait failli s'évanouir de bonheur. Mais chez Justine, et chez la tante Marie-Pier, les produits laitiers semblent être un ennemi à abattre. Béatrice ne sait trop quoi penser de toutes ces modes et se dit que plus les gens vivent loin de la source de leur nourriture, plus ils semblent avoir de théories à son sujet.

Alors qu'à la campagne, les gens mangent sans se poser de questions.

Leur collation terminée, Justine entraîne Béatrice vers sa chambre.

JUSTINE: Bon, OK. Je vais te préparer des tenues.

BÉATRICE: C'est vraiment trop gentil de ta part.

JUSTINE: Non, non, Astrid a raison. Tu te tiens avec nous, maintenant, il faut que tu sois arrangée comme les autres.

Béatrice décide de laisser passer l'insulte implicite dans ce commentaire, trop contente de l'aide de sa nouvelle amie.

JUSTINE: Essaie ce jean-là, c'est un J Brand. Il devrait t'aller. Tu portes quoi, du 26?

BÉATRICE: Oui, environ.

JUSTINE: OK. Ils sont super taille haute, alors ça irait bien avec des *crop tops*. Essaie ces trois-là.

BÉATRICE: Wow, merci!

JUSTINE: Il n'y a pas de quoi. Ah, puis attends, cette robe Alice + Olivia, ça donnerait super bien sur toi!

Justine lui tend une robe noire courte ornée d'un petit col blanc.

BÉATRICE: Wow! Elle est trop belle! T'es sûre?

JUSTINE : Ben oui, je l'ai déjà portée des tonnes de fois. Puis on va faire du shopping samedi, je veux faire de la place pour mes nouveautés.

Béatrice n'ose pas demander qui finance tous ces achats. Elle se contente de profiter de la générosité de son amie.

JUSTINE : Ah, et ce veston-là, de chez Maison Scotch, il t'irait super bien.

BÉATRICE : Ça ne fait pas trop chic pour tous les jours ?

JUSTINE : Non. Pas si tu le mets avec ce jean déchiré là et un *crop top*. Ça va être super beau. Avec des Stan Smith. En as-tu ?

BÉATRICE : Euh, non.

JUSTINE : Tu chausses du combien ?

BÉATRICE : Sept et demi.

JUSTINE : On a vraiment la même taille, c'est fou ! Quelle couleur tu préfères ?

Justine sort de son placard quatre paires de chaussures adidas blanches quasi identiques, sauf pour la couleur de la lisière arrière.

BÉATRICE : Wow, t'en as même des dorées ? Je ne savais pas que ça existait.

JUSTINE : La plupart des modèles sont verts ou noirs, mais de temps en temps il y a des éditions spéciales. Tiens, les marine iraient super bien avec le veston. Ah, et cette chemise-là aussi !

BÉATRICE: OK… Si t'es sûre !

JUSTINE: Ça me fait plaisir, voyons. Tu es dans la gang, maintenant.

Justine va chercher un sac réutilisable pour y empiler les vêtements qu'elle prête à Béatrice. Au total, celle-ci repart avec deux jeans, trois *crop tops*, une robe, une chemise à carreaux, un veston et une paire de souliers. Connaissant un peu les marques des vêtements que son amie lui a prêtés, Béatrice sait bien que chacun d'entre eux vaut autant que quatre ou cinq pièces de sa garde-robe habituelle. Elle se promet d'en prendre soin.

JUSTINE: Hé, ça te tente de te baigner?

BÉATRICE: De me baigner?

JUSTINE: Il y a une piscine intérieure. On a aussi un sauna et un spa dehors.

BÉATRICE: Je n'ai pas mon maillot.

JUSTINE: Je vais t'en prêter un, voyons !

BÉATRICE: Alors, OK.

JUSTINE: Tiens. Pendant que tu te changes, je vais nous préparer des bouteilles d'eau filtrée.

Justine revient quelques minutes plus tard, tenant à la main deux bouteilles recouvertes d'un plaqué imitant le bois.

JUSTINE (en se dirigeant vers la piscine): En passant, est-ce que tu savais que Matthew m'a rappelée?

BÉATRICE: Matthew?

JUSTINE: T'étais pas là l'autre soir quand on en parlait? Le garçon qui étudie en cinéma à Concordia?

BÉATRICE: Ça ne me dit rien.

JUSTINE: *Oh my God,* il est tellement beau! Il vient de finir un court-métrage trop génial. Je t'enverrai le lien. Il est vraiment intense, en tout cas.

BÉATRICE: Donc, il t'a rappelée pour…

JUSTINE: Il m'a invitée à prendre un verre, demain soir! Dans un bar super cool du Mile-Ex. Je ne sais vraiment pas ce que je vais mettre…

Béatrice est un peu interloquée en entendant cela, étant donné que la garde-robe de Justine regorge de vêtements, dont certains portent encore leur étiquette.

BÉATRICE: Ben, as-tu besoin que je te rende ce que tu m'as prêté?

JUSTINE: Ben non, voyons. Pour demain, il me faut quelque chose de vraiment spécial…

BÉATRICE: Tu penses à quoi?

JUSTINE (en se glissant dans le spa): Je ne sais pas… Quelque chose qui fait vraiment femme, vraiment mature, pas petite fille… Il est à l'université. Si je veux qu'il s'intéresse à moi, faut que j'aie l'air à son niveau.

BÉATRICE (s'assoyant dans l'eau à son tour): Qu'il s'intéresse à toi? Mais je pensais que Thomas et toi…

JUSTINE (éclatant de rire): Thomas? Oh non, c'est fini, cette histoire-là! Non, Astrid, Raph et moi, on a décidé que c'était fini, les garçons du cégep. C'est différent pour toi, tu es juste en cégep un, mais nous, on n'a pas de mec plus vieux au cégep. Si on veut trouver des garçons vraiment cool, on doit aller les chercher à l'université.

BÉATRICE: Comment tu l'as rencontré?

JUSTINE: Ma cousine va à Concordia. Elle m'a invitée à un de ses partys. Tu viendras avec nous la prochaine fois, tu vas voir, c'est top!

Béatrice a l'impression de s'être à peine habituée aux partys de cégep; elle n'est pas pressée d'aller à ceux de l'université.

BÉATRICE: Mais pour Thomas, là, c'est vraiment fini?

JUSTINE: Vraiment. Ça n'avait jamais vraiment commencé.

BÉATRICE: Mais l'autre soir, au dîner chez Astrid, tu m'avais dit que…

JUSTINE: Ça, c'était au début de l'année. Avant qu'on se rende compte, avec les filles, qu'on avait vieilli, et que les garçons du cégep, ce n'était plus pour nous. Tu devrais être contente, ça t'enlève de la compétition !

BÉATRICE: Comment, de la compétition ?

JUSTINE: Si les filles de cégep deux ne s'intéressent pas aux garçons de cégep deux, ça veut dire que les filles de cégep un ont la voie ouverte.

BÉATRICE: De toute façon, je suis avec Sébastien !

JUSTINE: Oui, mais si jamais vous cassez...

BÉATRICE (paniquée): Pourquoi tu penses qu'on casserait ? Est-ce qu'il t'a dit quelque chose ?

JUSTINE: Ben non, voyons, ne t'excite pas. C'est juste que je sais ce que c'est. Les couples ne durent pas toujours.

BÉATRICE (voulant changer de sujet): OK, mais pour Thomas, juste pour être sûre: ça ne te dérange pas si je le case avec une de mes amies ?

JUSTINE: Je m'en fous complètement. Il pourrait sortir avec Céline Dion que ça ne me dérangerait pas !

BÉATRICE (pouffant de rire): Voyons, elle pourrait être sa grand-mère !

JUSTINE: Ben justement ! Il pourrait sortir avec ma grand-mère, tiens.

BÉATRICE (en riant): Bon, bon, j'ai compris le message. T'en as rien à cirer de Thomas, le champ est libre.

En quittant Justine, Béatrice se dépêche de rentrer chez elle pour annoncer la bonne nouvelle à Emma. Elle la texte en chemin afin de lui mettre l'eau à la bouche.

«Emma! Es-tu à l'appart?»

«Oui, pourquoi?»

«J'ai une méganouvelle pour toi. On se commande une pizza?»

«OK pour la pizza et OK pour la méganouvelle. *OMG*, ne me dis pas qu'Astrid et Justine m'ont prise pour le défilé?????»

«*Sorry*, je ne sais pas. On n'en a pas parlé. Ce n'est pas ça. Mais c'est une encore plus méga bonne nouvelle!»

«Donne-moi un indice!»

«Non!»

«Allez!»

«À tout de suite! Commande la pizza!»

Béatrice rentre chez elle, guillerette, quelques minutes plus tard. Emma l'attend derrière la porte.

EMMA: Alors?

BÉATRICE (en riant): As-tu commandé la pizza?

EMMA: Oui! Accouche!

BÉATRICE: Je te jure, tu vas trouver que l'attente a valu la peine.

À ce moment, la porte d'entrée s'ouvre de nouveau et Mia entre dans l'appartement.

BÉATRICE: Salut, Mia !

MIA: Salut !

EMMA: Bonjour.

MIA: Qu'est-ce que vous faites plantées là dans l'entrée? Vous ne m'attendiez pas, quand même?

BÉATRICE: Ben non ! Je viens d'arriver et Emma m'attendait.

MIA (s'adressant à Emma): Tu ne peux vraiment pas vivre sans elle, hein?

EMMA: N'importe quoi !

BÉATRICE: On a commandé de la pizza. En veux-tu?

MIA: Merci, ça serait cool. J'ai vraiment faim. Voulez-vous que j'aille acheter de la bière?

BÉATRICE: Bonne idée. Veux-tu de l'argent?

MIA: Si tu paies la pizza, je paie la bière.

La porte se referme.

EMMA: Bon, dépêche-toi de me dire ton affaire avant qu'elle revienne !

BÉATRICE: Ce n'est pas un secret! Je pense que je vais prendre ma douche avant de manger.

EMMA (outrée): Ben là! Tu me fais marcher? Ce n'est pas toi qui étais super pressée de me dire quelque chose?

BÉATRICE (taquine): Oui, mais maintenant que je te vois, je me dis que ça peut attendre encore un peu...

EMMA: Béa! T'es pas cool!

BÉATRICE: Ha! Ha! À tout de suite!

Quand elle sort de la douche, vêtue d'un pantalon de sport et d'un pull en coton trop grand qui appartient à Sébastien, Béatrice trouve Mia et Emma assises sur le balcon arrière, un morceau de pizza et une canette de bière à la main.

EMMA (grognonne): Qu'est-ce qui te prend de prendre ta douche à six heures du soir, de toute façon?

BÉATRICE: Mes cheveux sentaient le chlore et Sébastien vient tout à l'heure.

EMMA: Tu t'es baignée?

BÉATRICE: Oui! Justine a une piscine, un sauna et un spa, pouvez-vous le croire?

Elle raconte brièvement son expérience chez sa nouvelle amie.

MIA (avec dédain): Ces filles-là sont vraiment trop bourgeoises. Beurk.

BÉATRICE: Arrête, elles sont gentilles! Et puis de toute façon, le plus important ce n'est pas ça, c'est ce que Justine m'a dit ! Elle commence à sortir avec un garçon qui s'appelle Matthew, qui étudie à Concordia ! ! !

EMMA: Et ? Qu'est-ce que ça fait ?

BÉATRICE: Ben voyons, Emma, ça fait que Thomas est libre ! Elle m'a dit que finalement, il s'était pas passé grand-chose entre eux.

MIA: Si tu veux mon avis, il s'est jamais rien passé entre eux. Elle avait inventé cette histoire-là juste pour vous impressionner et vous contrôler.

BÉATRICE: Mais non, je ne pense pas !

EMMA: Moi, je trouve que ça se peut.

BÉATRICE: Peu importe, on s'en fout ! L'important, c'est que Thomas est libre ! *Oh my God,* vous seriez tellement parfaits ensemble, Emma !

EMMA: Ben, je ne sais pas...

BÉATRICE: Tu peux au moins apprendre à mieux le connaître ! Je te le dis, c'est le garçon le plus adorable de la terre. Il est toujours super gentil avec moi.

EMMA: Ah...

BÉATRICE: Allez, qu'est-ce que t'as à perdre ? Ce n'est pas comme si tu étais intéressée par quelqu'un d'autre !

EMMA: Ouais...

BÉATRICE (perspicace): À moins qu'il y ait quelque chose que tu ne me dises pas?

EMMA: Mais non, voyons!

C'est sûr que si Mia n'avait pas été là, Emma aurait craqué et tout avoué à Béatrice. Mais là, elle se tait, et s'enfonce encore plus loin dans son mensonge.

BÉATRICE: Bon! Alors, peux-tu me donner une seule bonne raison de ne pas accepter de passer un peu de temps avec Thomas?

EMMA: Euh, non, je ne peux pas.

BÉATRICE: C'est parce qu'il n'y en a pas! Tu vas voir, je suis convaincue à 100% que ça va marcher entre vous. C'est le destin!

MIA: Parce qu'elle c'est ta meilleure amie et lui c'est le meilleur ami de ton chum? Ça ne marche pas comme ça dans la vie, tu sais.

BÉATRICE: Hé, ça va aller, la rabat-joie! Je te le dis, ces deux-là sont faits l'un pour l'autre. J'en parle à Sébastien dès qu'il arrive.

EMMA: OK, mais ne me fais pas honte, là! Tu ne vas pas lui dire que je le kiffe comme une folle?

BÉATRICE: Mais non, voyons! Je vais être super subtile. Je vais lui dire que ça vient de moi, mais que tu n'es pas fermée à l'idée.

EMMA: Déjà là, j'ai l'air trop désespérée!

BÉATRICE: OK, je vais lui dire que c'est mon idée et que t'es même pas au courant. Ça te va, ça?

EMMA: C'est mieux.

Dès que Sébastien arrive, Béatrice l'entraîne vers sa chambre. Elle le laisse mettre de la musique, puis passe tout de suite au sujet qui l'intéresse.

BÉATRICE: Tu sais, Thomas?

SÉBASTIEN: Oui?

BÉATRICE: Il est célibataire?

SÉBASTIEN (en riant): Ben oui, pourquoi?

BÉATRICE: Il n'avait pas une histoire avec Justine?

SÉBASTIEN: Jamais, voyons donc! Qui est-ce qui t'a dit ça?

BÉATRICE: Ce n'est pas important. Mais t'es sûr qu'il est avec personne?

SÉBASTIEN: Ben oui! C'est quoi cet interrogatoire?

BÉATRICE: Tu ne trouves pas qu'il serait parfait, vraiment trop parfait, avec Emma?

SÉBASTIEN: Ta coloc Emma? J'imagine, oui.

BÉATRICE: Tu ne te rends pas compte comment ça serait idéal ! Ton meilleur ami avec ma meilleure amie !

SÉBASTIEN: Je pensais que désormais c'étaient Astrid et Justine, tes meilleures amies. Tu passes plus de temps avec elles qu'avec moi.

BÉATRICE (passant ses bras autour du cou de Sébastien): Oh, mon amour, tu boudes ? Tu te sens délaissé ?

SÉBASTIEN: Un peu, oui. Je ne te vois jamais !

BÉATRICE: Mon Dieu, Emma aussi me dit ça tout le temps. Faut que je me dédouble ou quoi ?

SÉBASTIEN: Si tu te dédoubles, tu passeras la copie à Emma. Moi, je garde la vraie.

Il se penche et l'embrasse.

Plus tard, avant que Sébastien rentre chez lui, Béatrice confirme leur plan d'action.

BÉATRICE: OK, alors demain, on vient voir votre match de hockey. Après la partie, tu proposeras qu'on aille manger une glace. Je m'arrange pour qu'Emma soit avec moi et tu t'arranges pour que Thomas soit avec toi. Et personne d'autre. Ça te va ?

SÉBASTIEN (en faisant un salut militaire): Oui, caporal ! J'ai l'impression de préparer une mission pour la CIA.

BÉATRICE: Ne rigole pas, c'est important. Et qu'est-ce que tu dis à Thomas, dans le vestiaire ?

SÉBASTIEN: Je lui dis: «Béatrice veut absolument que tu sortes avec son amie Emma.»

BÉATRICE: Sébastien ! Pour de vrai, là !

SÉBASTIEN: OK, OK. Je lui dis: «As-tu remarqué qu'Emma est plutôt canon ?»

BÉATRICE: Beaucoup mieux. Tu lui dis ça subtilement, là, hein? Puis après tu l'invites à venir manger une glace. Et si quinze autres de vos copains veulent suivre, tu leur fais comprendre qu'ils ne sont pas les bienvenus.

SÉBASTIEN: Bah, je leur dirai que c'est une réunion entre le capitaine et l'assistant-capitaine.

BÉATRICE: Parfait ! ! Ça va être parfait. À demain, mon amour !

SÉBASTIEN: À demain, mon amour !

Debout sur les marches devant la maison, ils s'embrassent encore longtemps.

#24

Emma ronchonne en prenant place dans l'aréna. Les bancs sont inconfortables, ses doigts sont gelés, on ne voit pas bien la glace... Tout y passe, et Béatrice est découragée de la mauvaise attitude de son amie. Elle ne comprend pas pourquoi Emma n'est pas plus enthousiaste. Thomas est beau, gentil, en deuxième année de cégep, il a plein d'amis, il est dans l'équipe de hockey; il n'y a aucune, mais aucune raison qui pourrait expliquer pourquoi Emma semble hésitante. Béatrice se dit qu'elle est peut-être nerveuse et tente du mieux qu'elle peut de la rassurer.

BÉATRICE: Tu sais, les filles de la gang d'Astrid, elles peuvent être intenses, mais les amis de Sébastien ne sont pas du tout comme ça. Ils sont super gentils.

EMMA: Si tu le dis.

Béatrice est vite absorbée par le match de hockey et elle en oublie le manque d'enthousiasme de son amie. Elle se lève en hurlant à chaque but marqué par l'équipe de Sébastien, et à chaque bel arrêt qu'il fait.

Cette fois-ci, c'est une vraie partie de plaisir pour Sébastien et ses coéquipiers et le match se termine 5-0. Thomas a récolté deux buts et une mention d'aide et Béatrice a de nouveau remarqué son regard qui se portait vers Emma et elle après chaque but. Elle est sûre que l'affaire est dans le sac. Ce sera trop parfait: elle pourra passer plus de temps avec son chum et avec sa meilleure amie, d'un coup!

Après le match, Béatrice envoie quelques textos discrets à Sébastien, puis les deux filles attendent les deux garçons dans l'entrée de l'aréna. Ils sortent enfin, portant chacun un gros sac de hockey sur l'épaule, les cheveux encore mouillés après la douche et un sourire de vainqueur sur le visage. Sébastien embrasse Béatrice, qui le serre très fort dans ses bras. Thomas salue Emma.

BÉATRICE (enthousiaste): Vous étiez géniaux les garçons! Quel match! Wow! Domination totale.

THOMAS: Merci. C'est vrai que c'était amusant.

SÉBASTIEN: Ça vous tente d'aller fêter ça au Bilboquet, les filles?

BÉATRICE: Quelle bonne idée, mon amour! Ça te tente, Emma?

EMMA (les trouvant un peu trop faux): Euh oui, OK.

SÉBASTIEN: Thomas a son auto. On y va?

Ils se dirigent tous les quatre vers le parking. Thomas ouvre la porte arrière d'un Land Cruiser afin que Sébastien et lui y déposent leurs sacs de hockey. Emma fait mine de s'asseoir à l'arrière, certaine que Sébastien prendra la place du passager près de Thomas. Mais Sébastien lui dit de monter à l'avant, prétextant s'être ennuyé de Béatrice et vouloir être assis à côté d'elle. Emma prend donc place à côté de Thomas, mal à l'aise.

Celui-ci semble plus relaxe. Il met de la musique et conduit en silence, pendant que Béatrice et Sébastien se chuchotent des mots doux et ricanent en arrière. Emma est sûre qu'ils parlent d'elle et de Thomas, et elle a déjà hâte que son calvaire finisse.

Thomas gare la voiture sur Bernard. Sébastien et Béatrice marchent devant eux, main dans la main, isolés dans une bulle qui n'inclut qu'eux. Thomas et Emma les suivent.

THOMAS: Quelle histoire Béatrice t'a racontée pour t'entraîner ici?

EMMA (interloquée): Qu'est-ce que tu veux dire?

THOMAS: Franchement, ils ne sont vraiment pas subtils! Ils se sont mis en tête de nous mettre ensemble, c'est sûr!

EMMA: Pourquoi tu dis ça?

THOMAS: Tout à coup, Seb se met à chanter tes louanges. Puis, au lieu d'aller prendre une bière chez un de nos coéquipiers après le match comme on le fait d'habitude, il m'entraîne dans une soirée romantique avec sa blonde et sa meilleure amie. Il ne faut pas être un génie pour comprendre...

EMMA (en rougissant): Et, euh... T'es venu quand même?

THOMAS (gêné à son tour): Ben... Je me suis dit que si mon meilleur ami me voyait avec toi, ça valait la peine d'apprendre à te connaître... Tu ne trouves pas?

EMMA: Peut-être, oui. Il n'y a personne dans ta vie en ce moment?

THOMAS: Non... Non.

EMMA: T'as pas l'air sûr.

THOMAS: Il y a une fille qui m'intéresse, mais... Elle ne s'intéresse pas à moi. Je suis passé à autre chose.

Emma se demande s'il parle de Justine.

THOMAS: Toi?

EMMA: Non... moi non plus.

THOMAS (en riant): T'as pas l'air sûre, toi non plus!

EMMA: Non, non, j'en suis sûre. Il n'y a personne.

Elle ne va quand même pas donner à Thomas des informations que même sa meilleure amie n'a pas! Elle doit faire attention à ce qu'elle lui dévoile. Elle trouve cela particulièrement tentant, dangereusement tentant, de se confier à Thomas. Ça doit être la façon dont lui s'est ouvert sans artifices. Il a tout de suite mis le sujet sur la table, a avoué s'intéresser à une fille qui ne veut rien savoir de lui... Cette franchise et cette candeur surprennent Emma et lui font se dire qu'après tout Béatrice a peut-être raison: Thomas est un super bon gars et aurait sûrement été un bon parti, si elle n'avait pas eu la tête aussi pleine d'un autre.

Thomas reconduit les filles chez elles. Dès qu'elles descendent de la voiture, Béatrice se retourne vers son amie pour connaître la moindre de ses impressions.

BÉATRICE: Alors?

EMMA: Alors quoi?

BÉATRICE: Ne fais pas l'innocente avec moi! Tu l'as trouvé comment?

EMMA: Vraiment gentil. Tu avais raison.

BÉATRICE: Mais...

EMMA: Mais quoi?

BÉATRICE: Il y avait comme un «mais» dans la fin de ta phrase. Tu l'as trouvé vraiment gentil, mais...

EMMA: Mais rien! Vraiment gentil, point.

BÉATRICE: Est-ce qu'il a pris ton numéro?

EMMA: Non, mais il peut m'écrire sur Messenger, s'il veut. Ou sur Instagram.

BÉATRICE: Ou peut-être qu'il va demander ton numéro à Sébastien.

Au même moment, le téléphone d'Emma fait bip. Béatrice arrache l'appareil des mains de son amie et pointe l'écran d'un air triomphant.

BÉATRICE: Je le savais ! *Oh my God,* c'est trop mignon !

Emma lit à son tour.

«Fallait que je récompense Sébastien pour ses efforts en lui demandant ton numéro. Toi, tu pourrais récompenser Béatrice pour les siens en acceptant de dîner avec moi mardi soir ? T.»

BÉATRICE: Avoue ? Tu ne trouves pas que c'est le texto le plus romantique du monde ?

EMMA: C'est vrai que c'est mignon.

BÉATRICE: De quoi il parle, par contre, avec nos efforts ? On a été super subtils !

EMMA (ironique): Oh oui, ultra-subtils.

BÉATRICE (en riant): On était si nuls que ça ?

EMMA: Non, vous étiez adorables, mais à peu près aussi subtils qu'une citrouille le jour d'Halloween.

BÉATRICE: L'important, c'est que ça ait marché ! Qu'est-ce que tu vas répondre ? Dis-moi que tu vas dire oui ?

EMMA: OK, OK, je vais dire oui.

BÉATRICE: *Yes!* Je le savais.

Emma envoie un bref texto à Thomas, le remerciant et acceptant son invitation. Puis, elle plaide un travail à finir pour s'isoler dans sa chambre et couper court aux suppositions de Béatrice, qui en est presque à choisir sa robe de demoiselle d'honneur pour leur mariage.

Elle se dit qu'elle ne perd rien en sortant dîner avec Thomas. Au pire, elle se fera un ami. Puis, une fois qu'elle aura accepté de sortir avec lui un soir, elle pourra dire à Béatrice que, finalement, il ne l'intéresse pas. Ou alors son histoire avec Théo se terminera et peut-être qu'à ce moment-là Thomas lui semblera un futur intéressant. Sur papier, il a tout pour lui plaire. Mais, se dit-elle en s'endormant, il n'est pas Théo…

#25

Deux jours plus tard, Emma s'assoit à côté de ses amis à la cafétéria étudiante.

ROSALIE: Tu faisais quoi, hier soir, toi, hein? Avec les filles, on étudiait au Second Cup, tu m'avais dit que tu viendrais.

EMMA: Tu n'as pas eu mon texto? Je t'ai écrit pour te dire que finalement je préférais rester me concentrer à la maison.

ROSALIE: Oui, je l'avais lu, mais ce n'est pas ton genre!

Emma sourit et change rapidement de sujet. En vérité, la veille, elle était chez Théo. Ses parents avaient été invités au théâtre à la dernière minute. Théo en a donc profité pour inviter Emma à regarder un film chez lui. Ils ont fait honneur à l'expression «Netflix *and chill*», passant plus de temps à s'embrasser qu'à regarder le film. Emma est rêveuse, plongée dans ses souvenirs de la veille, quand Théo se joint à leur groupe.

NATHAN: Yo, Théo, *man*, es-tu occupé ce soir?

Théo regarde Emma. Celle-ci fait discrètement non de la tête; ce soir, vraiment, il faut qu'elle rattrape sa soirée d'étude perdue de la veille.

THÉO: Je ne fais rien, pourquoi?

NATHAN: Ça te tente de venir regarder le match chez moi? William va être là aussi.

THÉO: Oui, OK. Je risque d'arriver après la première période. J'ai un truc important à faire en début de soirée.

Il adresse un sourire en coin à Emma en prononçant ces mots. Celle-ci hausse les épaules en riant, se disant qu'elle peut bien passer une demi-heure avec lui avant de commencer à étudier.

Des fois, elle n'en revient pas que ses amis n'aient rien deviné. Ils font bien semblant, tous les deux, et se textent souvent devant tout le monde sans que ça se voit, mais leurs regards sont intenses et souvent chargés de quelque chose de plus que ce que la conversation requiert. Emma se dit que c'est tant mieux; c'est plus facile qu'elle le croyait de garder le secret. Et puis, elle ne peut s'empêcher de trouver que ça ajoute un certain piquant, un halo de mystère à leur relation.

Justement, son téléphone fait bip. Elle le place bien au creux de sa main avant de le regarder, pour éviter que Rosalie puisse y lire quoi que ce soit.

«Vers dix-neuf heures?»

«OK, mais vraiment juste une demi-heure. J'ai un gros test de physique demain.»

«Promis. Tu viens chez moi?»

«Tes parents sortent?»

«Non, mais ils sont cool. Ils ne nous dérangeront pas.»

«OK.»

Emma ne souhaitait pas rencontrer les parents de Théo si tôt; elle est gênée et elle trouve que ça officialise leur relation d'une drôle de manière. Mais, ne voulant pas inviter Théo chez elle quand ses colocs y sont, elle n'a pas des tonnes d'autres options.

À ce moment, elle aperçoit Béatrice qui se dirige vers les toilettes. Elle s'excuse auprès de ses amis et part à sa rencontre.

EMMA: Béa! Attends-moi!

BÉATRICE (en se retournant): Ah, salut.

EMMA (inquiète): Ça va, toi?

BÉATRICE: Pas tellement, non. J'ai eu 65 dans mon travail d'économie.

EMMA: Hein? Lequel?

BÉATRICE: Celui qui compte pour 20% de ma note! Celui que je devais remettre le lendemain de l'initiation chez Astrid. Mes parents vont s'énerver!

EMMA: Ouch. C'est moche. Il n'y a rien que tu puisses faire?

BÉATRICE: Je ne sais pas. Je vais demander à Astrid si, selon elle, ça se fait de réclamer un travail de rattrapage au prof.

EMMA: Pourquoi tu ne vas pas voir le prof directement?

BÉATRICE (s'impatientant): Je ne sais pas! Je ne sais pas quoi faire, OK? Mais je me dis qu'étant en cégep deux, Astrid a plus d'expérience que toi et moi.

EMMA: OK... Veux-tu que je vienne avec toi?

BÉATRICE: Non, ça va, les filles m'attendent pour manger. On se voit tout à l'heure?

EMMA (regardant son amie s'éloigner avec un pincement): OK, à tout à l'heure...

Emma retourne s'asseoir avec ses amis, et reçoit une alerte lui indiquant qu'elle a reçu un courriel dans le système de messagerie du cégep. Elle l'ouvre distraitement; il n'y a que les profs et la direction qui l'utilisent. Elle écarquille cependant les yeux en voyant le titre du message: «Défilé de mode - comité organisateur».

Ça y est! Elle saura enfin si elle a été choisie. Elle s'empresse d'ouvrir le message.

«Chère Emma, nous te remercions pour ton intérêt envers le comité organisateur du défilé de mode. La grande quantité de candidatures de qualité que nous avons reçues nous oblige à faire des choix difficiles, et nous ne pourrons malheureusement donner suite...»

Le reste se perd tandis que les yeux d'Emma s'embrouillent.

Lorsque Emma entre dans l'appartement, plus tard dans la journée, elle tombe sur Béatrice qui, de toute évidence, l'attendait. Celle-ci regarde son amie avec des yeux compatissants, tandis qu'Emma retire ses Vans d'un coup de pied rageur.

EMMA (la voix tremblotante): Elles te l'ont dit?

BÉATRICE: Oui...

EMMA: Quand? Tu le savais quand on s'est vues dans la grande salle, tout à l'heure?

BÉATRICE: Mais non, voyons! Je te jure que je ne savais rien! Elles me l'ont dit juste après, pendant qu'on mangeait.

EMMA: C'est trop nul!

BÉATRICE: Je sais.

EMMA: Elles ont pris qui?

BÉATRICE: Une fille qui s'appelle Noémie Quelque-Chose.

EMMA: Elle vient d'où, cette Noémie Quelque-Chose?

BÉATRICE: De Notre-Dame.

EMMA: Ah, alors Astrid la connaissait déjà, c'est ça?

BÉATRICE: Je pense que oui.

EMMA: Non, mais, c'est vraiment un despote, cette fille-là. Elle se prend pour qui?

BÉATRICE: Je comprends que tu sois déçue, mais...

EMMA: Mais quoi? Quelle excuse tu vas leur trouver? Astrid, elle reste dans son petit cercle fermé, et c'est tout!

BÉATRICE: Ben, moi, elle m'a acceptée...

EMMA: Parce que tu sors avec Sébastien! Tu es *de facto* dans son cercle!

BÉATRICE: Peut-être, mais...

EMMA (tapant rageusement sur son téléphone): Bon, je l'ai trouvée, ta Noémie Machin-Chose.

BÉATRICE: Ce n'est pas MA Noémie...

EMMA (tendant son téléphone): Regarde ça! Regarde les idées qu'elle a soumises sur son Instagram! Juste des tableaux sexy, les uns après les autres. Aucune originalité, aucun propos! Je te l'avais dit, qu'Astrid voudrait juste une suiveuse qui ne la provoquerait pas trop.

BÉATRICE: C'est trop dommage, je sais à quel point tu y tenais...

EMMA: C'est vraiment nul... Et en plus, il y a... Il y a plein de gens qui veulent s'essayer à être mannequins. Ça aurait été super cool.

BÉATRICE: Tu pourrais essayer l'an prochain?

EMMA: Peuh! L'an prochain, ça va être la même gang de Noémie Machin-Chose, avec ses suiveuses et des mini-Astrid. Je ne rentre pas là-dedans, moi!

BÉATRICE: N'importe quoi! C'est parce qu'elles ne te connaissent pas encore. T'es la fille la plus cool, la plus loyale que je connaisse.

EMMA: Ça ne semble pas être assez pour elles...

BÉATRICE: Hé! Je sais ce qui va t'aider!

EMMA: Quoi?

BÉATRICE: Ben, c'est évident!

EMMA: Quoi?!

BÉATRICE: Quand elles vont savoir que tu sors avec Thomas! Tu vas être invitée dans tous les partys, elles vont apprendre à te connaître, et elles verront bien à quel point tu es une personne extraordinaire!

EMMA: Ce n'est pas fait encore, Thomas et moi...

BÉATRICE: Non, mais je suis sûre que ça va marcher entre vous! Vous êtes deux de mes personnes préférées, ça ne se peut pas que ça ne marche pas!

EMMA: On va voir...

BÉATRICE: Avoue que tu le trouves beau, quand même?

EMMA: C'est sûr qu'il est beau.

BÉATRICE: Bon ! Tu vas voir, tout va se régler comme par magie.

EMMA: De toute façon, je n'ai certainement pas envie de me tenir avec un groupe de filles qui m'acceptent juste à cause de mon chum. Elles ne sont pas si spéciales que ça.

BÉATRICE: Mais non, elles ne sont pas spéciales ! Pas plus que toi ! Il faut juste qu'elles apprennent à te connaître, c'est tout.

EMMA: Peut-être.

BÉATRICE: Qu'est-ce que tu fais, là? J'allais dégeler de la sauce à spaghetti de ma mère pour manger, en veux-tu ?

EMMA: C'est sûr que oui, elle est trop bonne, la sauce de ta mère.

BÉATRICE: Après, est-ce que ça te tente d'aller étudier à la Brûlerie ? Il me semble que ça me ferait du bien de changer d'air.

EMMA: Après… euh, oui, vers vingt heures ? J'ai une course à faire avant.

BÉATRICE: Une course ? C'est quoi ?

EMMA (évasive): Ah, un truc pour mes parents. Je te rejoins à la Brûlerie à vingt heures.

En arrivant chez Théo, Emma se sent comme une espionne nageant dans l'illégalité la plus pure. Elle regarde autour d'elle avant de sonner à la porte, au cas où quelqu'un qu'elle connaît se trouverait dans les parages. Non seulement elle ment à ses amis de l'école, mais elle ment aussi à Béatrice, et cela lui pèse. Mais le moment où elle aurait pu avouer la vérité est bel et bien passé, surtout avec Béatrice qui insiste tant pour la caser avec Thomas ! Emma se sent coincée de toutes parts.

Et elle n'est toujours pas sûre de comprendre ce qui se passe entre Théo et elle. Elle a toujours envie de le voir. Elle sourit malgré elle dès qu'elle voit son nom apparaître sur son écran. Elle n'a jamais aimé embrasser un garçon comme elle aime l'embrasser. Mais leurs débuts houleux l'inquiètent; elle s'est toujours dit que quand les choses sont faites pour marcher, ça marche dès le début. Comme Béatrice et Sébastien, qui ont vécu une histoire d'amour romantique depuis le jour un.

Sébastien, lui, n'a jamais ignoré Béatrice dans un party pour *frencher* une autre fille; dès le jour où il l'a vue, il savait qu'elle était pour lui. Emma est encore blessée par ce rejet initial, et ça l'empêche de se laisser aller complètement avec Théo. Une partie d'elle se demande si elle ne serait pas mieux, après tout, avec un garçon comme Thomas, qui est en deuxième année de cégep, qui pourrait lui présenter plein de monde et lui donner un coup de pouce avec ses projets. Elle s'est fâchée quand Béatrice a suggéré que ça l'aiderait de sortir avec Thomas, mais Emma n'est pas naïve: elle sait qu'il y a des cliques au cégep, qui ont tendance à contrôler la vie sociale. Elle trouve ça injuste, bien sûr, mais à moins de devenir rebelle comme Mia, elle ne sait pas comment changer les choses.

Quand Théo ouvre la porte, elle oublie un instant ses préoccupations et lève son visage vers lui. Il l'embrasse longuement avant de l'inviter à entrer. Il la guide vers la cuisine, où son père fait la vaisselle tandis que sa mère est penchée sur son MacBook.

THÉO: Maman, papa, je vous présente Emma.

LA MÈRE DE THÉO: Enchantée, Emma. Théo nous a beaucoup parlé de toi.

THÉO (en rougissant): Maman!

LA MÈRE DE THÉO: Ne sois pas aussi timide, mon grand. As-tu mangé, Emma? On a fini de manger, mais il reste de l'osso buco si...

EMMA: J'ai mangé, merci. Enchantée de vous rencontrer.

LA MÈRE DE THÉO: Tu es dans quel programme, au cégep?

EMMA: En sciences de la santé.

LA MÈRE DE THÉO: Ah oui? Tu veux aller en sciences à l'université?

EMMA: Je ne sais pas encore. Mon père est médecin, mais...

LA MÈRE DE THÉO: Ah, ton père est médecin? C'est intéressant. C'est lui qui t'a inspirée?

EMMA: J'imagine. Ça, et je voulais garder toutes les portes ouvertes.

LA MÈRE DE THÉO: Garder toutes les portes ouvertes… Ça, c'est un choix bien réfléchi.

THÉO (s'impatientant): Maman, je n'irai pas en médecine, OK?

LE PÈRE DE THÉO (parlant en même temps que lui): Chérie, laisse-le…

THÉO (prenant Emma par la main): Viens!

EMMA (interloquée): Euh, bonne soirée!

Théo et Emma descendent au sous-sol. Ils prennent place sur le sofa. Théo baisse la tête, l'air découragé.

EMMA (doucement): C'était quoi, ça?

THÉO: Ah, ma mère…

EMMA: Tu m'avais dit qu'ils étaient super cool, tes parents…

THÉO: C'est quand t'as parlé de sciences et de médecine que ma mère est devenue dingue… J'aurais dû te prévenir.

EMMA: Me prévenir de quoi?

THÉO: Ma mère est médecin.

EMMA: Ta mère? Médecin généraliste?

THÉO: Non. Pire.

EMMA: Comment, pire?

THÉO: Elle est chef du service de cardiologie de l'Hôtel-Dieu.

EMMA: Wow.

THÉO: Oui.

EMMA: Alors elle aurait voulu que…

THÉO: Elle aurait voulu que je suive ses traces. J'ai toujours eu des super bonnes notes en sciences, alors elle n'a jamais accepté que ça ne m'intéressait tout simplement pas.

EMMA: Maintenant je comprends.

THÉO: Quoi?

EMMA: Pourquoi tu étais aussi compréhensif quand je te disais avoir des doutes… Tu m'as dit que si je ne voulais pas faire ça dans la vie, il valait mieux passer mon temps à faire des choses que j'aime, qui me ressemblent…

THÉO: C'est ce que je pense. Faire des choses par sentiment d'obligation, ou pour faire plaisir à quelqu'un, ça ne mène pas loin.

EMMA: Mais ça doit quand même être dur à porter, la pression…

THÉO (en haussant les épaules): Ça va. Elle est gentille, ma mère. Je sais qu'elle veut seulement ce qu'il y a de mieux pour moi. Le problème, c'est qu'elle a passé toute sa vie dans un hôpital. Elle ne sait même pas ce qu'il y a à l'extérieur de ça.

EMMA: Tu me donnes encore moins envie d'aller en médecine!

THÉO: Ce que j'en ai conclu, c'est que la médecine, c'est comme une vocation. Soit tu es archiconvaincu que tu veux faire ça dans la vie, soit ce n'est pas pour toi.

EMMA: Oui, et quand les attentes de nos parents se mêlent à ça...

THÉO: Ça complique les choses, en effet. Ça devient encore plus dur de comprendre ce qu'on veut vraiment. C'est pour ça que je trouve ton père super cool de ne pas te mettre de pression.

Emma serre Théo dans ses bras. Elle a l'impression de le découvrir chaque fois sous un nouvel angle, loin du garçon trop sûr de lui qu'elle a rencontré au début de l'année. Voilà un Théo sensible, réfléchi, qui doit supporter les attentes de sa mère, et trouver une façon de demeurer fidèle à ses principes. Cela requiert une maturité qu'Emma n'avait pas soupçonnée chez lui.

Les choses lui semblent plus compliquées que jamais...

Jusqu'à ce que Théo se mette à l'embrasser; là, tout devient étrangement simple.

#26

Thomas tient la portière ouverte. Emma le remercie d'un sourire et prend place dans son Land Cruiser. Un parfait gentleman, se dit-elle. Mais il n'y a pas de papillons dans son ventre. Pas comme quand... Non, elle s'était promis qu'elle ne penserait pas à lui ce soir.

THOMAS: Je m'étais dit qu'on pourrait aller manger une bouchée au Leméac. Est-ce que ça te va?

Au Leméac? Les parents d'Emma vont là. Elle se dit qu'ils seront les deux seules personnes de moins de quarante ans.

EMMA: Euh, OK.

En arrivant au restaurant, elle doit admettre que c'est tout de même romantique. Les nappes blanches, les serveurs attentionnés; elle avale toutefois de travers en regardant les prix. Elle offrira de payer sa moitié du repas, mais elle espère que Thomas l'invitera. Après tout, c'est lui qui a choisi ce restaurant hors de prix pour un budget étudiant.

THOMAS (en consultant le menu): Sais-tu ce que tu veux?

EMMA: Sûrement le steak.

THOMAS: Il est très bon.

EMMA: Je sais.

THOMAS: Tu es déjà venue?

EMMA: Oui. Mes parents habitent pas loin.

THOMAS: Ils sont à l'étranger, c'est ça?

EMMA: Oui, en Australie, pour une année sabbatique.

THOMAS: Tu n'avais pas envie d'y aller avec eux?

EMMA: Le système scolaire est trop différent. En plus, leurs saisons sont à l'envers donc j'allais arriver en milieu d'année. On a décidé que c'était mieux de faire mon cégep ici. Mais ça fait bizarre d'être ici sans eux.

THOMAS: Ah?

EMMA: Puis tout à l'heure… J'ai rien dit, mais on est passé devant chez nous, en auto.

THOMAS: C'est où?

EMMA: À deux coins de rue d'ici.

THOMAS: On aurait pu s'arrêter.

EMMA: Non, ça va, la maison est louée pour l'année.

THOMAS: Ça doit faire bizarre, alors que toi tu es ici.

EMMA: Carrément. En plus la maison est louée meublée.

THOMAS: Même ta chambre?

EMMA: Non, quand même pas. Ma chambre, je l'ai déménagée au complet à l'appart !

THOMAS: As-tu des frères et sœurs?

EMMA: Non, il n'y a que moi. Ça a rendu la situation plus simple pour mes parents.

THOMAS: T'ennuies-tu d'eux, des fois?

EMMA (en souriant): Tu sais quoi? Tu es la première personne qui me demande ça. Tout le monde est convaincu que je dois juste adorer d'être en appart. Et c'est vrai, mais...

THOMAS: Mais tu t'ennuies quand même. Je te comprends. J'ai passé l'été en Europe avec Sébastien, et en revenant, ça faisait du bien d'être chez nous.

EMMA: C'est ça ! Je ne m'ennuie pas nécessairement de mes parents en particulier, mais plus d'être chez nous... Que ma mère fasse à manger, de remplir des mots croisés avec mon père, juste la vie de tous les jours.

THOMAS: Ce n'est pas pour si longtemps, non?

EMMA: Un an ou deux... Et quand ils vont revenir, il sera temps d'aller à l'université ! Je ne sais même pas si je vais retourner vivre à la maison.

THOMAS: T'as le temps d'y penser !

Ils sont interrompus par le serveur et passent tous les deux leur commande. Emma est surprise du début de leur soirée.

Thomas est étonnamment perspicace et compréhensif. Elle ne l'avait pas imaginé comme ça, elle l'aurait cru plus joueur de hockey typique, qui aime parler de lui et se vanter de ses exploits. Après la façon dont elle avait mal jugé… dont elle avait mal jugé quelqu'un d'autre, elle se dit que c'est peut-être elle qui est pleine de préjugés et qu'elle doit laisser une chance aux gens de la surprendre.

Pendant le repas, le téléphone d'Emma fait bip à plusieurs reprises, mais elle ne le regarde pas. Puis, celui de Thomas se met à vibrer aussi.

THOMAS: C'est sûr que c'est eux.

EMMA: Béatrice et Sébastien?

THOMAS (en riant): Ils devraient vraiment apprendre à se mêler de leurs affaires.

EMMA: Oui. Ils mériteraient presque…

THOMAS: À quoi tu penses?

EMMA: Si ça ne te dérange pas? C'est juste pour leur jouer un tour.

THOMAS: Je t'écoute.

Emma lui explique ce qu'elle a en tête. Thomas accepte tout de suite de se prêter au jeu. Il fait le tour de la table et se place à côté d'Emma, puis il lui fait un gros bec mouillé sur la joue. Emma prend un *selfie* en levant le pouce à la caméra. Elle ajoute un filtre de cœurs qui montent au ciel. Puis, elle envoie la photo à Béatrice sur Snapchat.

Elle éclate de rire en appuyant sur le bouton «envoyer».

EMMA: Elle va halluciner! Elle va faire des suppositions toute la soirée!

THOMAS: Bien fait!

EMMA (regardant son téléphone qui vibre): Ah non! La coquine! Elle a pris une capture d'écran.

THOMAS: Elle ne la partagerait pas, quand même?

EMMA: Non, ce n'est vraiment pas son genre. Elle veut sûrement juste la montrer à Sébastien. Ne t'inquiète pas, je vais lui faire promettre de ne l'envoyer à personne.

THOMAS: Tu sais, Emma, je voulais te dire…

EMMA: Quoi?

THOMAS: Tu es une fille super extraordinaire, vraiment.

EMMA: Mais…

THOMAS: Mais je pense qu'on est plus faits pour être amis, non?

EMMA: Tellement! On s'entend vraiment bien, je te connais à peine que je te raconte des choses que je dirais à personne, mais…

THOMAS: Mais sans plus.

EMMA: Ouais.

THOMAS: C'est la même chose pour moi.

EMMA: Est-ce que c'est à cause de la fille, là, celle qui ne s'intéresse pas à toi...

THOMAS: Peut-être. J'essaie d'en faire mon deuil, mais c'est dur d'arrêter de penser à elle.

EMMA: Je peux te poser une question indiscrète?

THOMAS (en souriant): Tu peux, mais ce n'est pas sûr que je vais y répondre.

EMMA: La fille, est-ce que c'est Justine?

THOMAS (éclatant de rire): Justine? Sûrement pas! Où t'as pris cette idée-là?

EMMA: Je ne sais pas, un doute comme ça. Des histoires que j'avais entendues.

THOMAS: Vraiment pas. Non, la fille en question, elle est en couple.

EMMA: Ah, dans ce cas-là...

THOMAS: Dans ce cas-là, faut que je l'oublie, mais des fois ce n'est pas évident. Toi?

EMMA: Moi, quoi?

THOMAS: Est-ce qu'il y a quelqu'un?

EMMA (prenant une profonde inspiration): En fait, oui. Mais personne ne le sait. Et j'aimerais que ça reste comme ça.

THOMAS: Tu peux compter sur moi. Pourquoi tu veux que personne ne le sache?

EMMA: C'est vraiment compliqué. Disons que je me suis enfoncée dans une situation complexe sans trop m'en rendre compte.

THOMAS: Laisse-moi te poser une question: est-ce que ça ferait de la peine à quelqu'un, si on apprenait que vous êtes ensemble?

EMMA: Non, je ne pense pas. Pas de la peine.

THOMAS: Ça ferait quoi, alors?

EMMA: Ben, ça pourrait les faire rire, ou ils pourraient me critiquer, ou me juger.

THOMAS: Je ne pensais pas que tu étais le genre de fille qui s'arrêtait à ce que pensent les autres.

EMMA: Je sais, mais... En plus, ça blesserait Béatrice de savoir que je lui ai menti, ou caché des choses...

THOMAS: Dans ce cas-là, tu ferais peut-être mieux de tout lui avouer...

EMMA: Arrête d'avoir raison! Je ne suis pas encore prête, c'est tout. Je veux rester dans ma bulle un peu plus longtemps.

La soirée continue agréablement. Thomas et Emma se découvrent des points communs, ils rient des mêmes choses, et ils continuent de s'entendre à merveille. Sans étincelle, toutefois, de part et d'autre. Quand le serveur apporte l'addition, Thomas s'en empare d'emblée, ce qui soulage Emma.

Il la raccompagne chez elle et lui fait la bise en la remerciant pour une si belle soirée.

EMMA: Merci à toi aussi. Et qu'est-ce qu'on leur dit?

THOMAS: On peut bien les laisser mariner, non?

EMMA: T'es fou, Béatrice va m'attendre derrière la porte et me sauter dessus dès que je vais entrer dans l'appart.

THOMAS: As-tu envie de les faire marcher un peu plus longtemps?

EMMA: C'est sûr!

THOMAS: Alors, tu lui dis qu'une photo vaut mille mots et rien de plus.

EMMA: Ha! Ha! Ça va la rendre folle!

THOMAS (avec un clin d'œil): C'est ça le but!

En entrant chez elle, Emma suit à la lettre le plan conçu par Thomas. Béatrice a beau la harceler, la cajoler, lui tourner autour alors qu'elle se brosse les dents, squatter sa chambre alors qu'elle tente de s'endormir, Emma ne dit rien de plus que ceci: une photo vaut mille mots.

#27

Béatrice sert un espresso à Astrid. C'est la première fois qu'elle l'invite à l'appart et elle est fière de la recevoir ici, pas chez ses parents, mais chez elle. Elle est aussi contente de passer un peu de temps en tête-à-tête avec Astrid, sans Justine et Raphaëlle qui, d'ordinaire, ne la quittent pas d'une semelle. Elles s'installent sur le balcon arrière avec leur café et une barre de chocolat à la fleur de sel.

ASTRID: Fallait que je te dise, Béa, on a pris une grande décision.

BÉATRICE: C'est quoi?

ASTRID: Toi, t'es encore un membre junior de notre gang, donc t'avais pas le droit de vote, mais on a décidé d'initier une nouvelle fille.

BÉATRICE: Ah oui? C'est qui?

ASTRID: Noémie Larivière. Celle qui va organiser le défilé de mode avec nous. D'ailleurs, c'est vraiment nul que tu n'aies pas posé ta candidature! Je suis sûre que t'aurais des bonnes idées, t'es super artistique!

BÉATRICE: Je pense à faire la pièce de théâtre avec Sébastien. De toute façon, mes idées, tu les as vues.

ASTRID: Comment ça?

BÉATRICE: J'ai aidé Emma à monter son dossier.

ASTRID: Quoi? En plus elle a triché?

BÉATRICE: Ce n'est pas de la triche, voyons. Elle voulait qu'on se présente ensemble pour le comité. Je ne voulais pas, je voulais me garder du temps libre pour la pièce de théâtre, mais j'ai promis de l'aider, pas juste pour la candidature, mais une fois qu'elle serait dans le comité. Emma, c'est une top organisatrice. T'es vraiment passée à côté de quelque chose.

ASTRID: C'est vrai que vos idées étaient bonnes. Bon, c'est parfait alors, tu vas pouvoir continuer à nous aider!

BÉATRICE: Euh, en fait, c'est Emma que j'allais aider, mais...

ASTRID: Voyons! On est amies à la vie à la mort, tu te souviens?

BÉATRICE: Oui, oui, c'est sûr. C'est juste qu'Emma est super déçue de ne pas avoir été choisie. Je dois dire que je ne comprends pas vraiment votre décision.

ASTRID: Écoute, Béa... Ton amie Emma, elle est bien gentille, mais ce n'est pas une «comme nous».

BÉATRICE: Une «comme nous»?

ASTRID: Ça ne s'explique pas. Soit tu l'es, soit tu ne l'es pas. Donc, l'initiation de Noémie, ça va être demain soir chez moi.

BÉATRICE: Demain soir...

ASTRID: Qu'est-ce qu'il y a?

BÉATRICE: C'est que j'ai un test d'économie vendredi matin.

ASTRID: Qu'est-ce que ça fait?

BÉATRICE: Voyons, Astrid, tu sais que j'ai eu une super mauvaise note pour mon travail! Si ça continue, mes parents vont me tuer quand ils vont voir mon bulletin!

ASTRID: T'as qu'à étudier d'avance. Étudie ce soir.

BÉATRICE: J'ai mon devoir de français à faire, et Sébastien vient ici tout à l'heure.

ASTRID: Je sais pas quoi te dire, Béa. C'est à toi de faire des choix.

BÉATRICE: C'est vrai que j'ai vu Sébastien hier, mais...

ASTRID: Bon, tu vois qu'on trouve toujours une solution.

BÉATRICE: Je ne sais pas. Je vais me débrouiller.

ASTRID: Je vais y aller, je te laisse étudier. Demain soir à dix-neuf heures, OK?

BÉATRICE: OK, à demain!

Béatrice fait la bise à Astrid et l'accompagne jusqu'à la porte. En revenant vers la cuisine, elle voit Mia qui sort de sa chambre.

BÉATRICE: Ah, Mia, je ne savais pas que tu étais ici.

MIA: J'ai fait une sieste. Hé, je suis allée tout à l'heure me prendre un verre d'eau à la cuisine et j'ai entendu un bout de votre conversation. C'est quoi ces histoires-là d'Emma qui n'est pas comme vous?

BÉATRICE (rougissant): Ah, ce sont les histoires d'Astrid, il ne faut pas la prendre au sérieux.

MIA: N'importe quoi. C'est une conne finie cette fille-là, tu le sais, hein?

BÉATRICE: C'est mon amie! Elle est super gentille, avec moi.

MIA: Avec toi, peut-être. Mais en quoi ça lui donne le droit d'être une salope absolue avec ta meilleure amie?

BÉATRICE: Emma ne l'a pas entendue, ça ne peut pas lui faire de peine.

MIA: Non, mais je pense que je vais la prévenir.

BÉATRICE: Voyons! Pourquoi tu ferais ça?

MIA: Franchement, ce n'est pas correct qu'Emma se fasse insulter comme ça dans sa propre maison. Je pense qu'elle mérite de savoir à qui elle a affaire. Je trouve ça vraiment dégueulasse, si tu veux mon avis.

BÉATRICE: Depuis quand tu prends la défense d'Emma, toi?

MIA: Tu me connais assez pour savoir que je m'exprime quand je sens qu'il y a une injustice. Et là, Emma, elle se fait jeter par une gang d'imbéciles qui ont mal agi depuis le premier jour où je les ai rencontrées. Tu ne devrais même plus leur adresser la parole, après ce qu'Astrid t'a dit aujourd'hui.

BÉATRICE: Mais elles sont dans la gang de mon chum!

MIA: Je ne comprends pas. Ton chum, il a l'air sympa, ses amis aussi, mais ces filles-là, ce sont des vipères.

BÉATRICE: Tu exagères. Elles sont super généreuses.

MIA: Quand t'es dans leur groupe, peut-être! Mais elles n'aideront jamais personne d'autre.

BÉATRICE: Je ne sais pas quoi te dire. Tout ce que je peux te demander, c'est de ne rien dire à Emma. Ça lui ferait trop de peine, pour absolument rien. Astrid ne la connaît pas vraiment, je suis sûre qu'elle va l'aimer quand elle la connaîtra mieux. Surtout si Emma sort avec Thomas.

MIA: Je ne sais pas.

BÉATRICE: Attends, tu ne les as pas vus, ils sont super mignons ensemble! Emma fait sa mystérieuse, mais je sais que c'est parce qu'elle a des vrais sentiments pour lui. Regarde!

Béatrice tend son téléphone à Mia, lui montrant la capture d'écran qu'elle a faite de la photo de Thomas donnant un gros bisou à Emma.

MIA: OK, bravo, ils sont mignons ensemble. Ça ne change pas le fait qu'Astrid est une salope de première. Je pense qu'Emma mérite de savoir ce qui se dit sur elle.

BÉATRICE (s'échauffant): De toute façon, je peux toujours nier ! Si je dis que c'est pas vrai, que t'inventes ça pour la rabaisser, qui elle va croire tu penses? Toi ou moi?

MIA: T'entends-tu parler? Voilà tu mens à ta meilleure amie pour protéger une fille qui ne vaut même pas le dixième de ce qu'elle est. Tu m'étonnes, Béatrice. Je ne m'attendais pas à ça de toi.

Mia retourne dans sa chambre et claque la porte. Béatrice reste plantée là, songeuse. C'est vrai qu'elle se sent perpétuellement coincée entre Astrid et Emma. Mais elle est sûre que tout va finir par s'arranger. Pour le moment, elle se dépêche d'aller réviser ses notes de cours d'économie, afin d'avoir fini avant que Sébastien arrive. Pas question d'annuler leur soirée prévue ensemble; elle aime mieux faire face à cent mauvais bulletins et à deux cents parents en colère que de se priver de son amoureux.

Emma, elle, arrive au Second Cup où elle rejoint Rosalie et leur copine Aïcha. Elle commande un grand café noir puis prend place à côté de ses amies. Elle sort ses notes de cours et son cahier de maths.

ROSALIE: Je suis tellement contente d'avoir choisi un programme sans maths! Juste à regarder tes notes, j'ai mal au cœur.

EMMA: Ce n'est pas si terrible. C'est même amusant, des fois. Comme faire un sudoku ou des mots croisés.

ROSALIE: T'es complètement folle.

EMMA: C'est la chimie et la physique que je ne tolère pas. Je vous jure, les filles, je n'y comprends rien!

AÏCHA: Voyons, tu ne vas pas couler, quand même?

EMMA: Non, parce que j'étudie fort; je répète ce que le prof dit; je suis capable de suivre les calculs, mais je ne comprends pas ce que ça veut dire, ce que je fais. C'est comme si je faisais semblant et que je ne comprenais pas vraiment, tu vois?

AÏCHA: Non, pas vraiment!

ROSALIE: Heureusement, ce n'est pas notre problème. Oh, les filles, j'ai un méga potin pour vous!

EMMA: Déjà? Faut vraiment que j'étudie. On ne peut pas étudier une demi-heure et après on parle?

ROSALIE: Mon potin est trop gros pour attendre.

EMMA: OK, vas-y, crache.

ROSALIE: C'est au sujet de Théo…

AÏCHA: *Oh my God*, il est tellement beau !

Emma sent son ventre se serrer. Elle s'efforce d'avoir l'air détachée.

EMMA: C'est quoi ton potin?

ROSALIE: Il paraît que… Roulement de tambour… Théo a une blonde !

Emma manque de s'évanouir. Ça lui demande toute sa concentration pour s'exprimer normalement.

EMMA: Ah? Ça vient d'où, cette rumeur?

ROSALIE: C'est Nathan qui me l'a dit. Ça faisait trois fois de suite qu'il essayait de voir Théo, mais celui-ci était mystérieusement occupé. Nathan a deviné qu'il y avait une fille là-dessous et il lui a fait cracher le morceau.

Emma avale de travers.

EMMA: Est-ce qu'on sait c'est qui?

AÏCHA (en riant): Oui, qu'on lui pète les rotules !

ROSALIE (en riant aussi): T'es donc bien violente, toi !

AÏCHA: Sans blague, je rêve à lui, des fois, la nuit. Il est juste trop cool !

ROSALIE: Cependant, il semble qu'il est pris. Avec une fille mystère.

Emma pousse un soupir de soulagement.

AÏCHA: Alors on n'a aucune idée c'est qui la fille?

ROSALIE: On n'en a aucune idée. Mais on va le savoir bien vite.

EMMA: Comment ça?

ROSALIE: De un, les secrets finissent toujours par sortir. De deux, je me promets de travailler Théo jusqu'à ce qu'il craque. Il n'y a jamais un potin qui m'a résisté. Je ne vois pas pourquoi ça commencerait aujourd'hui.

EMMA: Mais ce sont ses affaires, non?

ROSALIE: J'avais oublié que vous étiez devenus amis, vous deux. C'est parfait! C'est toi notre infiltratrice numéro un, Emma. Moi, il sait que j'ai parlé à Nathan. Il va se méfier. Toi, tu pourras être super subtile. En plus, il ne pensera jamais que tu demandes ça pour toi, alors c'est parfait.

AÏCHA: Pourquoi?

ROSALIE: Tu ne te souviens pas? Théo est sorti avec la coloc d'Emma, et ça l'avait vraiment fâchée. Excuse-moi de te dire ça, Emma, mais tout le monde savait que tu t'intéressais à lui et que tu as été déçue.

AÏCHA: Ben justement, elle va avoir l'air pathétique, non, de le questionner sur sa blonde?

ROSALIE: Mais non! Ce n'est pas comme ça que ça marche. Emma a juré qu'elle ne le toucherait même pas avec son petit orteil, après ce qui s'était passé. Et tout le monde sait qu'Emma est une fille de principes. Je te jure, c'est parfait.

EMMA: Si tu le dis…

ROSALIE: Je veux un compte-rendu dès demain.

EMMA: OK. Mais là, les filles, faut vraiment que j'étudie.

Emma se plonge dans son cahier de maths, troublée. Elle regarde fixement une équation particulièrement complexe, mais son cerveau semble incapable de déchiffrer les symboles qui voguent sous ses yeux.

Sa vie est vraiment en train de devenir trop compliquée.

Après une demi-heure, Emma décide que c'est peine perdue. Elle a vraiment besoin d'étudier, mais n'arrive pas à se concentrer. Elle décide de rentrer chez elle et d'appeler Théo. Lui parler de vive voix l'aidera à y voir plus clair.

Elle s'enferme dans sa chambre et l'appelle sur FaceTime.

THÉO: Salut! Je pensais justement à toi.

EMMA: Théo… Est-ce que c'est vrai que tu as dit à Nathan que tu as une blonde?

THÉO (sur la défensive): Ben, quoi? Il ne me lâchait pas. Fallait bien que je lui dise quelque chose.

EMMA: Oui, mais ce n'est pas cool, là. Rosalie veut absolument découvrir c'est qui ta blonde mystère, et devine qui elle a chargé de l'enquête?

THÉO: Quand même pas toi?

EMMA: Oui, moi!

THÉO (s'esclaffant): C'est vraiment drôle.

EMMA: Pas tellement, non! Ça me place dans une drôle de position.

THÉO: En tout cas, t'avais raison sur une chose.

EMMA: Quoi?

THÉO: C'est une belle gang de commères. Même les garçons! Nathan et William étaient tellement pas comme ça, cet été, au camp.

EMMA: Ben oui, et là tu viens de leur donner des munitions de rêve! Ils ne te lâcheront pas avec ça, Théo.

THÉO: Ouais. Si j'avais su, je serais resté plus discret.

EMMA: Tu vois!

THÉO: Mais il demeure que c'est le secret qui les fait potiner. Si on leur disait qu'on est ensemble, ils en parleraient un jour ou deux, puis après, ça se calmerait. Je commence à en avoir marre de ces cachotteries.

EMMA: C'est plus compliqué que ça.

THÉO: Si tu le dis. Moi, je ne vois pas c'est quoi le problème.

EMMA: C'est parce que t'es un garçon! Tu ne comprends pas les subtilités.

THÉO: Emma… T'es pas fâchée?

EMMA: Ben… Un peu. J'étais fâchée avant de te parler.

THÉO: Et là?

EMMA (en esquissant un sourire): Et là, je trouve la situation un peu loufoque.

THÉO: Ce n'est pas juste loufoque, c'est hilarant!

EMMA: OK, mais ne continue pas de les nourrir avec des indices, OK? Je vais gérer la situation du mieux que je peux.

THÉO: Wow, jamais je n'aurais cru que ma vie privée les intéresserait tant.

EMMA: Ça me soulage de t'avoir parlé. Là, faut que je retourne à mes maths.

THÉO: OK, bye, ma belle. Je t'… Euh, à demain!

Théo met fin à l'appel. Emma hyperventile, seule sur son lit. Allait-il lui dire qu'il l'aime? Est-ce qu'il le pense vraiment, ou est-ce que les mots lui ont échappé de la bouche par habitude? Emma a déjà remarqué que Théo lance des «Je t'aime» désinvoltes à sa mère et à sa sœur. Toute sa famille le fait. Ça pourrait donc ne rien vouloir dire. Ou ça pourrait vouloir tout dire!

Et elle qui n'a personne à qui en parler, pour analyser et décortiquer la situation! Si seulement Béatrice n'était pas occupée avec Sébastien… Emma lui avouerait tout.

Est-ce qu'il allait vraiment le dire? Par accident ou exprès? Évidemment pas exprès, sinon il ne se serait pas repris.

Emma tourne en rond comme un lion dans sa cage. Puis, elle a un flash. Elle envoie un texto à sa tante.

«Coucou ! Es-tu à la maison ? J'ai quelque chose à te raconter.»

«Désolée, ma chouette, je suis là, mais avec des amis. Est-ce que c'est urgent ?»

«Non, pas urgent, ne t'inquiète pas.»

«Tu montes pour le petit-déjeuner demain matin ?»

«OK.»

«À demain ! xx»

«xx»

Emma reste donc seule avec ses pensées, son cahier de maths abandonné sur le matelas à côté d'elle.

#28

Béatrice n'est plus du tout nerveuse en entrant chez Astrid, dont les parents semblent absents en permanence. Béatrice ne les a toujours pas rencontrés. En fait, elle n'est plus nerveuse pour elle-même, mais elle l'est un peu pour Noémie, qui subira son initiation ce soir. La pauvre doit être aussi stressée qu'elle-même l'était il y a si peu de temps. Béatrice l'a rencontrée brièvement, plus tôt en après-midi. Grande, élancée, timide, Noémie lui a fait l'effet d'un faon apeuré qui cherche sa mère. Elle a senti en elle une certaine fragilité et une grande gentillesse, deux attributs qui la rendent spontanément sympathique. Elle est contente d'avoir la chance d'apprendre à mieux la connaître.

Béatrice se rend dans la cuisine, où elle trouve Astrid, Raphaëlle et Justine en train de boire du cava. Elle accepte un verre et s'installe avec elles. Les filles semblent mettre la touche finale à leurs préparatifs et Béatrice a l'impression de les interrompre en plein éclat de rire.

BÉATRICE: Est-ce que j'ai manqué quelque chose?

JUSTINE (se retenant de rire): Non, non, c'est juste qu'Astrid a vraiment des bonnes idées pour la soirée.

BÉATRICE: Comme quoi?

RAPHAËLLE: Tu vas voir, mais c'est vraiment trop drôle.

À ce moment, la sonnette retentit. Astrid se dirige vers la porte, souveraine comme toujours en talons hauts. Comme si elle n'était pas déjà assez grande! Béatrice, de son côté, porte la robe noire au collet blanc que Justine lui a prêtée et elle est ravie d'être aussi bien habillée que ses copines. Elle aimerait que Sébastien puisse la voir.

Son vœu est vite exaucé: maintenant que Noémie est arrivée, Astrid insiste pour prendre un *selfie* des cinq filles ensemble, qu'elle publie sur Instagram avec la mention #bff* #cava #girlfriends. Quelques instants plus tard, Béatrice voit que Sébastien a *liké* la photo. Elle est fière qu'il la voie ainsi, à sa place parmi ses amies, au milieu d'une gang de belles filles en robe qui boivent des bulles un jeudi soir. Elle espère cependant qu'Emma ne suit pas Astrid sur Instagram, car la mention de BFF pourrait la blesser.

* **Best/BFF** – Best friend forever, meilleure amie.

Après quelques instants, Astrid ouvre le bal en invitant les filles à prendre place au salon. Béatrice a vite l'impression de vivre son initiation une deuxième fois, mais d'un autre point de vue. Noémie semble aussi nerveuse qu'elle l'était; mais cette fois-ci c'est elle qui est debout, et Béatrice qui est assise sur le divan.

Noémie lit le contenu de la première enveloppe.

«Un secret, tu nous confieras.»

Astrid lui explique que c'est afin d'instaurer un climat de confiance, et qu'elle doit penser à quelque chose qu'elle n'a jamais dit à personne.

NOÉMIE (en tordant l'enveloppe noire entre ses doigts): Quelque chose que je n'ai jamais dit à personne?

ASTRID: Personne.

NOÉMIE: Et vous, vous n'allez jamais le répéter non plus?

JUSTINE: Jamais. C'est comme ça qu'on saura qu'on peut te faire confiance avec nos secrets.

NOÉMIE (hésitante): Vous êtes sûres?

ASTRID: Bon, on n'a pas toute la soirée. Je fais jouer de la musique, et tu as jusqu'à la fin de la chanson pour trouver.

On entend la voix de Beyoncé qui émane des haut-parleurs. Béatrice observe Noémie et remarque qu'elle a l'air troublée, plus troublée qu'elle-même l'était lorsqu'elle devait confier un secret au groupe.

Noémie fait signe qu'elle veut parler. Astrid éteint la musique.

NOÉMIE: Je vous fais confiance, les filles... C'est la seule chose que je n'ai jamais dite à personne.

ASTRID: On t'écoute.

NOÉMIE: C'est... C'est quand j'étais petite. Le chum de ma tante. Un soir, il... Il m'a touchée.

Le cœur de Béatrice se serre.

JUSTINE: Il t'a violée?

NOÉMIE: Non, pas vraiment, ce n'était pas comme ça. C'était plus, genre, des caresses. Mais je savais que ce n'était pas normal.

JUSTINE: Quel genre de caresses?

RAPHAËLLE: Pourquoi tu ne l'as dit à personne si tu savais que ce n'était pas normal?

À ce moment, Noémie éclate en sanglots. Béatrice se précipite pour la serrer dans ses bras. Elle la connaît à peine, mais elle ne peut pas la laisser seule dans une telle détresse, même si les règles d'Astrid dictent que seule l'initiée sera debout face à ses juges.

Quand enfin Noémie se calme, Astrid reprend la parole.

ASTRID: Béatrice, tu peux te rasseoir. Noémie, tu as fait preuve de courage et de confiance en partageant ton secret avec nous. Les filles, on va respecter le secret. On ne pose pas d'autres questions et on n'en parle plus, compris?

Raphaëlle et Justine hochent la tête.

ASTRID: Bon! On retourne à la cuisine prendre un verre et on reviendra ici après pour le deuxième défi.

Les filles se lèvent et retournent à la cuisine. Béatrice les regarde partir, ébahie. Noémie leur a confié ce qui constitue évidemment un traumatisme pour elle, et elles se sont contentées de poser des questions insensibles (Justine et Raphaëlle) et de décréter qu'on n'en parlerait plus (Astrid). Noémie a clairement besoin de davantage de soutien, voire de consulter.

Béatrice se tourne vers elle pour lui demander comment elle se sent, mais Noémie suit déjà les filles vers la cuisine, comme un mouton, un brave sourire accroché aux lèvres. Comme Béatrice quand elle était à sa place, Noémie a de toute évidence décidé qu'elle passerait à travers les épreuves de la soirée, coûte que coûte. En la regardant partir, Béatrice ne peut faire taire la petite voix en elle qui lui chuchote que le jeu n'en vaut peut-être pas la chandelle.

Dans la cuisine, Béatrice sirote son verre, mal à l'aise. Les filles continuent de s'amuser et de déconner comme si de rien n'était. Même Noémie semble remise de ses émotions. Béatrice commence à se demander si elle n'a pas trop dramatisé les confidences de Noémie. À ce moment, son téléphone vibre. Elle s'esquive pour aller à la salle de bains le consulter, n'ayant pas envie qu'Astrid lui demande de qui il s'agit. Elle voit que c'est un message de Sébastien.

«Belle soirée, mon amour? xx»

«Intense, mais oui. Toi? xx»

«Je suis chez Thomas. On est censés finir un travail d'équipe, mais à la place on parle de vous! xx»

«Juste en bien, j'espère? xx»

«Tu sais bien que oui! xx»

Béatrice s'apprête à ranger son téléphone, le sourire aux lèvres, quand elle reçoit un nouveau message de Sébastien.

«Demain soir, on mange chez Justine avec toute la gang, ça te va? xx»

«Oui! J'ai déjà dit à ma mère que je restais en ville. xx»

«Parfait! J'irai "dormir chez Thomas" demain, OK? xx»

«Ouiiii! Trop hâte de me réveiller avec toi. xx»

«Je t'aime. xx»

Béatrice sort de la salle de bains et retourne vers la cuisine. Elle se dit que c'est quand même toute sa vie sociale avec son chum qui dépend de sa bonne entente avec Astrid, Justine et

Raphaëlle. Elle n'a pas à être d'accord avec chacun de leur moindre geste, elle peut avoir ses opinions à elle, mais elle se considère chanceuse d'avoir été ainsi accueillie à bras ouverts dans leur gang. Elle met de côté ses doutes du début de la soirée et retourne se joindre à ses copines.

Le moment est venu pour Noémie d'ouvrir la deuxième enveloppe noire.

«Une folie, avec nous tu commettras.»

Astrid lui explique qu'elles vont filmer ensemble un moment honteux sur vidéo, encore une fois afin de s'assurer qu'elles se font confiance entre elles. Noémie ne pose pas de question et se contente d'acquiescer.

Béatrice n'ose pas dire un mot; elle a trop envie d'avouer à Noémie que c'est une blague et qu'elle sera la seule à commettre l'acte honteux en question.

JUSTINE: Alors, on fait quoi, cette fois-ci, Astrid?

Béatrice sait pertinemment que les filles ont déjà discuté de ce qu'elles allaient faire, avant son arrivée. Alors pourquoi cette mise en scène? Était-ce la même chose lors de son initiation?

ASTRID: Hmm... Bonne question... Vous avez envie de faire quoi?

Quelle comédie, vraiment!

RAPHAËLLE: C'est toi la pro, Astrid. Tu trouves toujours des idées super drôles!

ASTRID: Attendez... J'ai une idée.

JUSTINE: Quoi? Quoi?

Noémie semble suspendue aux lèvres d'Astrid.

ASTRID: Vous vous souvenez de la fois où on s'était filmées en train de faire pipi dans un buisson?

JUSTINE: Oui! C'était trop drôle!

Béatrice serait prête à parier beaucoup d'argent que l'élégante Astrid n'a jamais fait pipi dans un buisson de sa vie.

ASTRID: Ben, cette fois-ci... Vous allez me trouver dégueu, mais je veux vraiment voir si vous allez être de la partie.

RAPHAËLLE: Quoi?

ASTRID: On va faire caca!

Cette fois, Béatrice ne peut s'empêcher de s'exprimer.

BÉATRICE: Ben voyons donc! C'est une farce, là?

ASTRID: Non! On va imprimer la photo des gens qu'on aime le moins, au cégep. On va se mettre en rang et leur faire une petite crotte dessus! Ça va être filmé de dos, là, on verra presque rien. Juste une rangée de fesses et des petites crottes qui descendent sur tous ceux qui le méritent. Tu pourrais choisir ton prof d'économie, là, celui qui t'a mis une mauvaise note pour rien !

JUSTINE: *Oh my God,* c'est l'affaire la plus hilarante que j'ai entendue de ma vie ! Tellement une bonne idée ! Moi j'imprime Chloé Lanthier.

RAPHAËLLE: Qu'est-ce qu'elle t'a fait, Chloé Lanthier?

JUSTINE: Rien, mais je la hais depuis que je suis genre en cinquième année. Elle m'avait dénoncée au prof.

RAPHAËLLE (en riant): T'es donc bien rancunière !

JUSTINE: Disons qu'elle ne s'est pas améliorée avec le temps. Toi, Astrid, tu prends qui ?

ASTRID: Vous allez voir…

JUSTINE: Noémie?

NOÉMIE: Euh, ben, je suis nouvelle au cégep, je ne suis pas sûre s'il y a quelqu'un que je déteste assez pour…

RAPHAËLLE: T'as pas un ex? Une ancienne amie? Tiens, l'oncle en question, là, de tout à l'heure? Ça pourrait être lui?

Noémie devient blême.

NOÉMIE: Ça fait genre dix ans que je ne l'ai pas vu.

JUSTINE: Tu l'as jamais *googlé*?

NOÉMIE: Non.

JUSTINE: Voyons voir. Comment il s'appelle?

BÉATRICE (n'en pouvant plus): Euh, les filles, je ne pense pas que ça tente à Noémie de le *googler*.

RAPHAËLLE (en lui faisant des gros yeux): Ben voyons, c'est pour rire, tout ça, tu le sais!

ASTRID: Ben oui, Béa! Où est ton sens de l'humour?

Béatrice sent la froideur derrière ce commentaire d'Astrid, qui la ramène à son initiation à elle et à son engagement envers la gang. Elle se tait, mais sent la boule dans son ventre grossir.

Les filles ont imprimé les photos de leur ennemi désigné. Noémie s'en est sortie en trouvant une photo de la nouvelle blonde de son père. Béatrice n'a pas protesté quand Astrid a imprimé la photo de son pauvre prof d'économie, sachant que ça ne servirait à rien.

Les photos sont placées sur le sol. La caméra est mise en place. Les filles s'alignent, dos à la caméra, et remontent leur robe.

C'est le moment; le dernier moment où Béatrice pourrait dire quelque chose, éviter à Noémie une humiliation encore pire que celle qu'elle-même a vécue récemment.

Mais si elle parle, elle risque de se mettre Astrid à dos jusqu'à la fin des temps; et qu'est-ce que Sébastien dira?

Et peut-être que Noémie est contente de jouer le jeu, et n'apprécierait pas l'interruption?

ASTRID: OK, vous êtes prêtes? Dans trois, deux, un…

C'est le moment ou jamais.

#29

Plus tôt ce jour-là, Emma s'est rendue comme prévu chez sa tante. Marie-Pier lui a préparé un petit-déjeuner composé de pain noir, de beurre d'amandes naturel et de fruits. Emma lui a raconté ce qui la tracassait et surtout l'appel récent de Théo.

EMMA: Alors, est-ce que tu penses qu'il allait dire qu'il m'aime?

MARIE-PIER: Ben... Je ne sais pas.

EMMA: Pourquoi tu ne sais pas?

MARIE-PIER: Emma, ce gars-là, tu le fais un peu marcher, non?

EMMA: Qu'est-ce que tu veux dire?

MARIE-PIER: Ton histoire de vouloir le fréquenter en secret, ce n'est pas très sérieux. Il me semble qu'à votre âge, c'est supposé être l'amour fou, la passion, sinon ça sert à quoi?

EMMA: Ben...

MARIE-PIER: Je pense que tu t'es inventé une affaire bien trop compliquée. Toi, est-ce que tu l'aimes ou pas?

EMMA: Ben, je ne sais pas...

MARIE-PIER: As-tu toujours envie de le voir? Penses-tu toujours à lui? As-tu envie de l'embrasser quand t'es avec lui?

EMMA: Oui, oui, et oui.

MARIE-PIER: Alors lâche tes histoires de gang et parle-lui honnêtement! Ça a l'air d'être un gentil garçon, Théo; il ne mérite pas que tu le traites comme ça.

EMMA: Mais au début, c'est lui qui m'a ignorée!

MARIE-PIER: Peut-être ou peut-être pas. C'est peut-être toi qui t'es inventé des histoires aussi. De toute façon, si tu veux que ça continue avec lui, il va falloir que tu mettes tes culottes et que tu t'assumes. Ça ne sera peut-être pas facile, mais c'est nécessaire.

EMMA: Ouais...

MARIE-PIER: Et si tu n'es pas capable de mettre les choses au clair, alors sois transparente et dis-lui que vous allez juste être amis!

EMMA: Ça ne me tente pas, d'être juste amis...

MARIE-PIER: Alors tu as ta réponse!

EMMA: Je sais, mais...

Mais c'est plus facile à dire qu'à faire. Ce n'est pas sa tante qui va devoir se taper les conversations, les explications, le rire de Rosalie, le sarcasme de Mia... Emma fait la bise à Marie-Pier et la quitte en se disant que sa tante a peut-être raison, mais qu'elle ne se sent pas encore prête.

Elle arrive au cégep, un peu découragée. Dans la grande salle, elle ne trouve aucun de ses amis. Elle envoie des messages à Béatrice, à Rosalie et à Aïcha, mais personne ne lui répond.

Elle prend place seule à une petite table et ouvre son cahier de chimie, sans grand enthousiasme. Alors qu'elle essaie de se concentrer sur sa révision des propriétés des molécules, son regard est attiré par une affiche sur le mur devant elle.

«Auditions pour le défilé de mode! Garçons et filles recherchés.»

Emma reçoit un petit coup au cœur. Elle est convaincue que ses idées étaient meilleures que celles de Noémie Machin-Chouette! Ça la frustre vraiment de ne pas pouvoir participer, juste parce qu'elle n'est pas acceptée par une petite clique. Elle se demande ce qu'elle pourra bien faire d'autre pour s'impliquer dans la vie étudiante.

À ce moment, Mia passe devant elle. Dévorée par le besoin de parler avec quelqu'un, n'importe qui, Emma la hèle et l'invite à s'asseoir avec elle. Mia va s'acheter un café puis la rejoint.

MIA: Quoi de neuf?

EMMA: Rien. Je suis déprimée.

MIA: Pourquoi?

EMMA: De ne pas avoir été prise pour organiser le défilé de mode...

MIA: Ah, ben, ça...

EMMA: Arrête, OK? Je sais que t'es contre le défilé, mais je suis déçue.

MIA: Je ne suis pas nécessairement si contre que ça. Béatrice m'avait montré vos idées, et c'était plutôt bon. Le message était intéressant.

EMMA: Ouais, ben là, ça ne sera pas ça du tout, ça va juste être du mauvais pseudo-sexy.

MIA: Je peux donc reprendre ma pétition contre le défilé?

EMMA (avec un sourire en coin): Je vais même la signer, si tu veux.

Mia rit.

MIA: De toute façon, j'y ai pensé, et ça sert à rien d'essayer de changer les choses de l'extérieur.

EMMA: Qu'est-ce que tu veux faire alors?

MIA: Je pense que je vais me présenter au conseil étudiant.

EMMA: Ah, tiens, c'est intéressant, ça.

MIA: Intéressant pour toi?

EMMA: Je ne sais pas. On dirait que je me cherche quelque chose à faire. Je comptais tellement sur le défilé, et là...

MIA: Ne me dis quand même pas que tu vas faire de la politique étudiante?

EMMA (en souriant): C'est vrai que ce n'est pas mon genre, hein?

MIA (sérieuse): Mais ça peut le devenir! Je pense que personne n'a jamais regretté son engagement en démocratie. Même si on réussit pas toujours à accomplir tout ce qu'on aurait voulu.

EMMA: D'où ça te vient, d'être intense comme ça, toi?

MIA: Je ne sais pas... Je ne suis pas si intense que ça. J'essaie juste d'être consciente de l'impact de mes actions.

EMMA: Ark, juste ça, c'est intense à mort! Et moi qui m'inquiète pour un défilé de mode.

MIA: Tu vas voir, au final, ça va peut-être être la meilleure chose qui te soit jamais arrivée, de ne pas être prise. Ça va te permettre de faire autre chose d'inattendu.

EMMA: Peut-être...

MIA: Mais pas si tu restes plantée là à te morfondre! Rien n'arrive sans rien, dans la vie.

EMMA (en riant): Encore intense! Stop!

MIA: De toute façon... Je pense que c'est pour le mieux.

EMMA: Quoi?

MIA: Que tu ne sois pas mêlée avec cette gang-là.

EMMA: Ce sont les amies de Béatrice.

MIA: Je sais, mais... Je ne les sens pas. Depuis le premier jour.

EMMA: Elles doivent bien avoir des bons côtés, non, pour être aussi populaires?

MIA: Pas nécessairement. J'ai lu un article de sociologie super intéressant qui disait que chez les filles, la fille alpha est souvent crainte et admirée, mais rarement aimée. Alors que chez les garçons, on peut être le plus populaire même en étant sympathique. Je trouve que ça n'aide pas la crise de leadership féminin en entreprise et en politique.

EMMA (en chantonnant): Intensité, quand tu nous tiens!

MIA (en riant): Tu dois quand même admettre que j'ai raison.

EMMA: Peut-être, mais ça ne règle pas la question. Je fais quoi si je ne fais pas le défilé?

MIA (en regardant l'heure sur son téléphone): Laisse-moi y penser... Bon, faut que je file à mon cours, à tout à l'heure!

Emma regarde Mia partir, se disant qu'elle l'a peut-être jugée trop vite, lors de leur première rencontre. Mia est tout sauf conventionnelle, mais Emma apprécie avoir quelqu'un autour d'elle qui l'amène à poser un regard différent sur le monde. Son point de vue sur les filles ultra-populaires qui ne sont jamais aimées lui enlève un peu l'envie de faire partie de leur groupe, et c'est déjà ça de gagné.

Plus tard en après-midi, à la fin des classes, Emma trouve enfin ses amis tous réunis sur la pelouse. La grisaille matinale s'est estompée, laissant place à un beau soleil dont tous semblent vouloir profiter. Nathan, William, Rosalie et Aïcha sont étendus au soleil, heureux comme des phoques sur leur banquise. Emma prend place à côté d'eux.

NATHAN (s'adressant à Emma): On va jouer au billard avec toute la gang, ça te tente?

EMMA (faussement nonchalante): Qui y va?

WILLIAM: Tout le monde. Nous, et il y a Théo qui s'en vient.

EMMA: Ah, ben, peut-être.

ROSALIE: Vite, avant qu'il n'arrive: Emma, as-tu réussi à lui soutirer des infos sur sa blonde mystérieuse?

EMMA: Ah non, je n'ai pas encore eu la chance.

ROSALIE: Allez, on compte sur toi!

NATHAN: En tout cas, je suis sûr qu'elle est vraiment canon.

EMMA: Pourquoi tu dis ça?

NATHAN: Est-ce que tu sais c'est qui, Raphaëlle Manchester?

EMMA: L'amie d'Astrid? Oui, vaguement.

WILLIAM: À peu près la fille la plus extraordinairement belle du cégep.

NATHAN: Après Astrid. Et Mia.

EMMA: Qu'est-ce que Raphaëlle a à voir là-dedans?

NATHAN: Peux-tu croire qu'elle vient d'inviter Théo à l'accompagner à un dîner?! Elle est en cégep deux!

EMMA: Qu'est-ce qu'il a dit?

NATHAN: Il a dit qu'il était super flatté, mais qu'il était avec quelqu'un. C'est pour ça que je dis que la fille en question doit être ultra-canon. Parce que refuser Raphaëlle Manchester... Il faut le faire.

ROSALIE: *Oh my God,* c'est trop romantique!

À ce moment, Théo se joint à eux, mettant fin à leur conversation et à leurs spéculations. De toute façon, Emma n'avait pas besoin d'en savoir plus. Elle est bouleversée d'apprendre que Théo refuserait de sortir avec une fille comme Raphaëlle, pour elle! Ça vient panser sa blessure du défilé de mode, de savoir que Théo l'a choisie, elle, au lieu d'une des chipies qui se croient tout permis et font la pluie et le beau temps dans la vie étudiante.

Son cœur se gonfle d'amour et de reconnaissance; elle ne peut pas croire qu'elle a été si stupide, qu'elle a laissé son orgueil la guider au lieu de ses sentiments. Et alors, si Rosalie est surprise? Elle s'en remettra. Et alors, si Mia ricane? Elle se fatiguera bien un jour. Et alors, si Béatrice est blessée qu'Emma lui ait caché des choses et lui ait menti? Elle comprendra.

Rosalie a raison, c'est vraiment romantique, que Théo se déclare ainsi malgré ses tergiversations à elle. Elle le regarde du coin de l'œil, qui rit d'une bêtise que William vient de faire. Elle le trouve tellement beau, elle n'a jamais aimé un garçon comme ça de sa vie, elle n'en a jamais connu un qui embrasse si bien; en plus il est ami avec tous ses amis, et il est si cool qu'il se permet même de rejeter une des filles les plus populaires du cégep.

Et elle qui déconne, qui hésite à déclarer au monde entier qu'ils sont ensemble! Elle a l'impression qu'un brouillard vient de se lever, dans sa tête, qui l'empêchait de voir clair. Elle ne sait pas si ce sont les conseils de sa tante qui ont fait effet, ou simplement la nouvelle au sujet de Théo et Raphaëlle, mais quoi qu'il en soit, elle n'a jamais été aussi sûre de quoi que ce soit de toute sa vie.

Elle regarde Théo et lui adresse un grand sourire, pas un des sourires en coin dont elle a l'habitude devant tout le monde, mais un vrai de vrai sourire, amoureux, avec des étoiles dans les yeux, et tente de lui faire un signe discret pour qu'ils trouvent une raison tous les deux, n'importe laquelle, pour se soustraire un moment au groupe. Elle ne veut pas attendre une seconde de plus avant de lui avouer son amour.

Elle sort son téléphone pour lui envoyer un message, quand Rosalie lance d'un ton mystérieux:

ROSALIE: J'ai un mégapotin pour vous les amis…

AÏCHA: T'es la reine des potins, toi, ces temps-ci! Raconte, c'est quoi?

ROSALIE: C'est à propos d'un des membres de notre groupe…

WILLIAM: Ça va faire le mystère, c'est quoi?

ROSALIE: Il y a quelqu'un ici parmi nous qui est amoureux…

Rosalie regarde Emma en disant cela. Ce n'est pas possible; comment a-t-elle pu deviner? Ses sourires idiots étaient-ils si transparents que ça? Emma sourit, se disant qu'après tout, elle peut bien tout avouer devant tout le monde d'un coup, et puis basta.

NATHAN: Qui? Certainement pas moi, en tous cas. À moins que Mia renvoie un de mes messages un jour… En ce moment, c'est plus un monologue qu'une conversation.

ROSALIE: Je ne parle pas de toi, voyons. Je parle d'un nouveau couple secret, que la personne en question n'a pas voulu nous dévoiler… Mais j'ai mes sources.

AÏCHA: C'est qui? Crache le morceau, Rosalie!

ROSALIE (satisfaite d'avoir toute l'attention tournée vers elle): Un instant. On va y aller par élimination. Donc, on a déjà établi que ce n'était pas Nathan. Pas Aïcha non plus. Ce n'est pas William. Théo, on sait qu'il est en couple avec une fille inconnue. Il reste donc...

Tous les regards se tournent vers Emma. Celle-ci est confuse, cependant. Rosalie continue de prétendre ignorer l'identité de la blonde de Théo?

ROSALIE (tendant son téléphone): Eh oui... Mesdames et messieurs, notre petite Emma est amoureuse!

Elle passe au groupe la photo d'Emma et de Thomas enlacés.

EMMA: Mais voyons! Où t'as trouvé cette photo? Béatrice m'avait promis qu'elle l'enverrait à personne! Quelle traîtresse!

ROSALIE: On se calme le pompon. Elle ne me l'a pas envoyée, elle me l'a juste montrée, elle était super contente pour toi!

EMMA: Comment ça se fait que tu as la photo, alors?

ROSALIE: Elle ne voulait pas me la donner, donc j'ai pris une photo de son écran avec mon téléphone sans qu'elle s'en rende compte et je l'ai recadrée pour pas que ça se voit. Pas mal, hein? Alors, Thomas et toi? Il paraît que vous êtes trop amoureux?

À ce moment, Théo se lève et se dirige au pas de course vers le petit bois derrière le collège.

EMMA (en se levant pour le suivre): Merde !

Et elle part à sa poursuite, laissant derrière elle ses amis interloqués.

Emma a beau se trouver relativement en forme, elle a toutes les difficultés du monde à rattraper Théo. Enfin, il s'arrête pour s'adosser à un arbre. Emma le rejoint, ses poumons menaçant d'exploser, mais elle ne peut pas parler tout de suite, le temps de reprendre son souffle.

Théo ne dit rien. Il ne la regarde même pas, son regard se porte sur les branches, sur les nuages, sur le sol, partout sauf sur elle. Son visage fermé n'augure rien de bon. Emma respire encore mal quand elle commence à essayer de lui expliquer, le souffle hachuré.

EMMA: Théo… Faut que tu m'écoutes… Il n'y avait rien… s'est rien passé entre nous…

Théo ne dit rien. Les bras croisés, adossé à son arbre, il semble à peine remarquer sa présence ou entendre ses mots. Emma se dit qu'elle devra faire mieux pour le convaincre.

EMMA: Théo ! Regarde-moi !

Il ne la regarde toujours pas.

EMMA: Théo, écoute-moi, au moins. Je te jure, sur la tête de ma grand-mère, qu'il s'est jamais rien passé entre Thomas et moi.

THÉO: Ce n'est pas ce que tes deux meilleures amies semblent croire.

Enfin ! Un dialogue. C'est un point de départ.

EMMA: C'est vraiment compliqué, mais j'aimerais que tu m'écoutes jusqu'au bout, OK?

Théo hoche la tête, de manière presque imperceptible, mais c'est assez pour Emma, et elle se lance. Elle n'a plus le choix, elle doit mettre ses tripes sur la table.

EMMA: Théo... Je vais commencer il y a quelques semaines, OK? Tu te souviens, le premier jour de la rentrée? On s'était rencontrés dans la grande salle?

THÉO: Oui...

EMMA: Je t'avais trouvé tellement beau. Tellement. Mais, pour être honnête, un peu prétentieux aussi. Un peu trop sûr de toi.

THÉO: J'étais super timide ! J'étais le nouveau et vous vous connaissiez tous depuis toujours !

EMMA: Maintenant je me rends compte que c'était de la gêne. Mais sur le coup, j'ai pensé que tu étais un super beau garçon qui se prenait pour un autre. C'est important que tu comprennes le contexte.

THÉO: Vas-y.

EMMA: Donc, ce soir-là, tu te souviens, il y a eu le party de la rentrée, chez Nathan?

THÉO: Ouais.

EMMA: Ben, ce soir-là, je suis allée au party en pensant juste à toi, et en rêvant qu'il se passe quelque chose entre nous.

THÉO: Ah…

EMMA: Oui, ah… Ce soir-là, tu m'as ignorée, tu ne m'as même pas regardée, puis t'as embrassé ma coloc! Qu'est-ce que j'étais censée penser?

THÉO: C'était le premier jour d'école! Je cherchais encore mes repères. Et vu que j'étais nerveux, j'avais un peu bu.

EMMA: Oui, mais tu vois dans quelle situation ça me plaçait? J'ai été super blessée. Blessée dans mon orgueil, on s'entend, parce qu'à ce moment-là je ne te connaissais pas vraiment.

THÉO: Mais qu'est-ce que tout ça change à…

EMMA: Laisse-moi continuer! Je continuais à penser à toi, mais je me disais qu'il n'arriverait jamais rien et que de toute façon je ne sortirais jamais avec un garçon qui a eu une histoire avec ma coloc. Je ne sais pas si tu sais, mais les filles ne font pas ça, d'habitude.

THÉO: OK...

EMMA: Quand on a commencé à mieux se connaître, je n'ai pas pu m'en empêcher. J'avais juste tout le temps envie d'être avec toi. Mais j'étais encore fâchée que tu aies choisi Mia et pas moi, au premier party. Et j'avais vraiment fait grand cas de cette histoire-là avec les filles. Je m'étais fâchée contre Mia, tout le monde avait pris parti contre elle. Je ne pouvais pas vraiment me retourner et leur dire que finalement ce n'était pas grave, parce que toi et moi on était ensemble.

THÉO: Tu m'as perdu, là.

EMMA: Moi aussi, je me suis perdue! Je ne comprenais plus rien. Je me suis juste enfoncée dans mon histoire. Là, c'est devenu pire, parce que je n'ai rien dit à Béatrice, alors que d'habitude on se dit tout. Alors je ne pouvais pas lui dire à elle non plus, parce que ça allait lui faire de la peine que je lui aie menti. Et c'est là qu'elle a décidé de me mettre en couple avec l'ami de Sébastien...

THÉO (d'un ton accusateur): Et toi, t'as dit oui!

EMMA: Je n'avais pas le choix! Sinon elle aurait trouvé ça trop louche!

THÉO: J'ai bien trouvé une façon de m'en sortir, moi, quand une fille m'a invité à une soirée.

EMMA (la tête basse): Je sais. Je ne te dis pas que je suis fière de moi, j'essaie de t'expliquer comment c'est arrivé et ce qui se passait dans ma tête. Je peux continuer?

THÉO (tendu): Vas-y.

EMMA: Je suis donc sortie manger avec Thomas. Il s'est rien passé et il ne se passera jamais rien. Lui aussi est intéressé par quelqu'un d'autre. Mais Béatrice et Sébastien nous bombardaient de messages et on trouvait qu'ils se mêlaient trop de nos vies, alors pour les taquiner on a envoyé la photo. C'était censé être une blague! La photo devait disparaître!

THÉO: Tu sais très bien que les photos ne disparaissent jamais vraiment.

EMMA: C'est ce que je suis en train d'apprendre.

THÉO (d'un ton las): Emma, écoute…

EMMA (le cœur battant): Oui?

THÉO: C'est la goutte d'eau qui fait déborder le vase, pour moi. Tes histoires de cachotterie, de me voir en secret… Je n'ai jamais aimé ça.

EMMA: Oui, mais…

THÉO: J'ai joué le jeu un moment, parce que je trouvais ça drôle, et surtout parce que j'étais tellement fou de toi que j'aurais fait n'importe quoi pour passer du temps avec toi. Mais il y a des limites. C'est une question de respect. Je refuse d'être ta marionnette.

EMMA: T'es pas une marionnette, Théo!

THÉO: C'est comme ça que tu me traites quand tu me vois en cachette, mais que tu t'affiches avec un autre mec devant tes amies. Tu me prends pour qui, Emma?

EMMA: C'était une erreur, le dîner avec Thomas, je m'en rends compte, maintenant! Je ne pensais pas que tu l'apprendrais!

THÉO: S'il y a une chose que je tolère pas, c'est le mensonge.

EMMA: Je sais! J'ai vraiment été idiote.

THÉO: T'avais honte d'être avec moi, c'est ça?

EMMA: Mais non, vraiment pas! C'est juste à cause de la fois avec Mia, et…

THÉO (perdant patience): Veux-tu bien te remettre de cette histoire avec ta coloc? Un *french* dans un party, la belle affaire! C'était avant qu'on sorte ensemble! Ça ne justifie certainement pas que tu m'aies menti comme ça!

EMMA: Justement, c'est ça que j'essaie de te dire! Je m'en suis remise! J'accepte que j'avais tort! Je suis prête à le dire à tout le monde, pour nous deux!

THÉO: T'es prête un peu trop tard…

EMMA (sentant son cœur se serrer) : Qu'est-ce que… Qu'est-ce que tu veux dire ?

THÉO : C'est trop tard, Emma. Il n'y a plus rien à dire à tout le monde. C'est fini.

Et il s'éloigne d'elle à grandes enjambées.

Emma s'écroule. Elle tombe littéralement par terre, et se tient en petite boule, appuyée contre l'arbre. Les sanglots transpercent son corps. Elle a tellement mal qu'elle pourrait hurler.

Ça ne peut pas finir comme ça, ça ne peut pas être fini…

Elle se rend compte qu'elle ne lui a même pas dit qu'elle l'aime ! Et elle est sûre qu'il l'aime, lui aussi, c'est ce qu'il allait lui dire, l'autre soir, au téléphone…

Elle ne lui a pas dit qu'elle l'aime.

Emma se relève et court pour tenter de rattraper Théo.

À suivre…

Merci à…

la vie, qui m'a offert le temps pour écrire ce roman et l'espace pour en avoir l'idée et en rêver;

l'équipe des Malins, ma maison d'édition québécoise, qui a embarqué avec enthousiasme dans le projet;

Dimitri Kennes et toute son équipe, pour leur passion et leur intérêt jamais démenti envers la littérature québécoise; merci de faire voyager mes mots;

et surtout, merci à ceux et celles qui me liront.

J'espère que vous aurez autant de plaisir que j'en ai eu à découvrir Emma, Béatrice et Mia, et que vous aurez envie de continuer l'aventure avec elles. 🖤

Lexique

Aréna – Centre sportif.

Best/BFF – Best friend forever, meilleure amie.

Blonde – Petite amie, amoureuse.

Cégep – Au Québec, on fréquente l'école primaire pendant sept ans, de 5 à 12 ans (une année de maternelle suivie des autres années). Ensuite, on passe à l'école secondaire pendant 5 ans (de la première à la cinquième). Une fois le diplôme d'études secondaires en poche, on poursuit avec deux années au cégep (collège d'enseignement général et professionnel) afin d'obtenir le diplôme d'études collégiales qui permettra à ceux qui le désirent d'entrer à l'université.

Chum – Petit ami, amoureux, copain.

Frencher – Rouler un patin, embrasser (avec la langue).

Gang – Bande.

Party – Fête.

Piasse – Dollar canadien.

Tam-tams – Rassemblement estival de musiciens en plein air, le dimanche, au pied du mont Royal, à Montréal.